透过破碎的窗玻璃

剑男 著

山西出版传媒集团 北岳文艺出版社
·太原·

图书在版编目（CIP）数据

透过破碎的窗玻璃 / 剑男著. -- 太原：北岳文艺出版社, 2024.9. -- ISBN 978-7-5378-6947-8

Ⅰ.I227

中国国家版本馆 CIP 数据核字第 2024N576V5 号

透过破碎的窗玻璃
TOUGUO POSUI DE CHUANG BOLI

剑男◎著

出品人 郭文礼	出版发行：山西出版传媒集团·北岳文艺出版社 地址：山西省太原市并州南路 57 号　邮编：030012 电话：0351-5628696（发行部）　0351-5628688（总编室） 传真：0351-5628680
选题策划 左树涛	网址：http://www.bywy.com　E-mail：bywycbs@163.com 印刷装订：山西人民印刷有限责任公司
责任编辑 左树涛	开本：787mm×1092mm　　1/32 字数：242 千字 印张：9 版次：2024 年 9 月第 1 版
装帧设计 FAJUN WONDERLAND QQ:2821598445	印次：2024 年 9 月山西第 1 次印刷 书号：ISBN 978-7-5378-6947-8 定价：59.80 元
印装监制 郭　勇	本书版权为本社独家所有，未经本社同意不得转载、摘编或复制

目录

第一辑 午夜,下起了薄薄的雪(1991—2000年)

003 运草车
004 织布的声音
007 昙花的方式
009 纯净的思想使我恢复宁静
011 寓言中的鸟
013 流　星
015 初　雪
017 鸟群到达
021 丹顶鹤
023 旅　人
025 七月十五日夜
027 透过破碎的窗玻璃
029 此　刻
031 工艺品市场
033 象　征
035 遭　遇
037 在风中的河边
039 午夜,下起了薄薄的雪
041 路过城市

第二辑 收到母亲来信(2001—2010年)

045 疼

046　春天的蜜蜂

048　收到母亲来信

050　除了爱

051　前些年在西安

053　懦弱的人

055　石雕厂的春天

056　想起唐玄奘

058　胆结石

060　致云南赵鸿昌

062　锄完地，间或再读一下书

063　白皙的手

065　在临湘监狱

066　山雨欲来

067　让自然最奥秘的生命充满心灵

068　青山水库所见

070　老　屋

071　在长江入海口

072　当夏天来临

第三辑　清晨在鸟鸣中醒来（2011—2020 年）

075　平头坝的春天

076　小偷东林

077　与己书

078　鸟　雀

079　我喜欢你斜阳里的剪影

080　春天十三章

087　堂前燕

088　夜宿大别山

089　路过水库边的酒厂
090　山花烂漫的春天
091　蜗　牛
092　牛筋草
093　昨夜的乡村一定大哭了一场
094　山腰上的老屋
095　牙齿之歌
096　山中一日
097　星　宿
098　爱
099　想起老家
100　一棵野柿树
101　挖藕人
102　上　河
103　独　立
104　有生之年
105　水　库
106　春天来了，我们要做个无所事事的人
107　五十抒怀
108　母亲的镜子
109　写信的母亲
110　半边猪
111　草　绳
113　夜宿羊楼洞
114　雨打玻璃
115　菜　园
116　含羞草
117　明亮的中午
118　瀑　布

119	清晨在鸟鸣中醒来
120	最好的柏木
121	祝福蝴蝶
122	炮仗
123	等一个人
124	烧炭人
125	槐花开放
126	构　树
127	墓志铭
128	偏头痛
129	一个接生婆的晚年
131	阳光灿烂的一天
132	牛
133	秋阳下的母亲
134	悲伤不分大小
135	孤独的湖水
136	两株扁豆苗
137	蜻　蜓
138	平衡术
139	泡　沫
140	山顶概述
141	星　星
142	年末，从深圳坐高铁回武汉
143	汪家祠堂前的枫杨树
144	柏　木
145	柴　薪
146	黄龙岭素描
147	钓
148	旧屋素描

149　冬天的宽恕

第四辑　根雕与一只孤独的鹰（2021—2024年）

153　走在山中的少年
154　滴水快
155　晚　霞
156　明亮的事物
157　荡　漾
158　在天雕岭看落日
159　走在老瓦山途中
160　七月二十四日夜和朋友在幕阜山
161　仙岛湖
162　择菜的母亲
163　河　床
164　交　响
165　梦中遇见父亲
166　立秋日
167　壁　虎
168　秋日山居
170　一片被虫咬的落叶
171　樵　夫
172　纸　鸢
173　早　春
174　望　雨
175　刮春泥的女孩
176　蚯　蚓
177　蜉　蝣
178　在钟表厂

179 琥　珀

180 槐花少年

181 半　生

182 一株盆栽的三角梅

183 开满荷花的湖面

184 紫　藤

185 废旧的铁轨

186 院子里的衣服

187 糖　精

188 山坡上的三兄弟

189 天兴洲

190 拯　救

191 落日和星辰

192 落　叶

193 打板栗的老八

194 两河交汇处的村庄

195 雁群飞过

196 黄昏读书

197 庚子年春夜在半山寺

198 枯草赋

199 大　年

200 雪　花

201 祈　禳

202 草尖上的露珠

203 洞　穴

204 奔　赴

206 植物园之歌

215 根雕与一只孤独的鹰

216 春日迟

217	春又回
218	开满野花的山坡
219	草　芥
220	鲜花与牛粪
221	镜　像
222	大道和歧途
223	在美仁大草原
224	七里冲的早晨
225	旧时山路
226	土砖颂
227	在黄河入海口
228	一只受伤的鸟
229	在红莲湖
230	撞向窗玻璃的野蜂
231	我见过最结实的绳索是生活
232	河流外史
233	大风吹
234	在湖边
235	栅栏与火车
236	悲秋词
237	冬天里的蜜蜂
238	动物园的斑马和老虎
239	一九八〇年代初夏的一个早晨
240	白头翁
241	斯卡保罗集市
242	东坡赤壁公园的石榴树
243	赶　猪
244	李家湾中秋的傍晚
245	挖藕赋

246 回音

247 送你一朵蒲公英

248 论美的绝对性

249 山中遇雨

250 大幕山访樱花不遇

251 老瓦山雨后

252 春天小镇的夜晚

253 在咸宁仙鹤湖

254 鲶鱼

255 山中鸟雀

256 风筝

257 雨夜

258 黄龙山上的细流

259 雀舌

260 番茄

261 钟摆

263 槐树下

264 枫树港

265 铁钉

266 顶针

267 美人鱼

268 月照深潭

269 诗歌是由各种"偏见"构成的（代后记）

第一辑 | 午夜,下起了薄薄的雪
　　　　（1991—2000年）

运草车

柔和、忧郁的黄昏,一辆运草车
辙印从灵魂开始,心口上的一道伤痕
我看见薄暮的运草车

金子的运草车,它驰离的地方
我的故乡围绕着粮食哭泣

金子的运草车

我乘着它看见了秋风中的姐妹和正在消失的故乡
以及悲戚的亲人

草梢上的一滴血泪
忧郁的运草车,一条路把亲人送到了远方
我看见故乡面朝内心低声哭泣

我看见风吹走苍茫的黄昏小路
运草车走在大地中央

运草车,凉风落日中的阴郁
远处是脚步疾驰的亲人,粮草正在腐烂

这金子的运草车,我看见风把它
刮向了天空中的仓廪

1991年3月

织布的声音

我在深夜,织布的声音,我听见织布的声音
我听见你织布的声音,姐
结实的双臂在虚无的时光中穿梭
我听见充满神谕的土地
你在日子的上空纺动

姐,劳碌的命
为我走路的手,这织布的声音,多像深夜的
祈祷,在白昼连着黑夜的键盘上
这长留的音符,一种文字不能表述的
它的悠长为何像喟然的叹息

姐,多年来面对天空和大地
我倾听那种织布的声音在故乡的天空荡漾
我无法不覆下我脆薄的羽翼
这恩的声音,我在其中
变得更加朴素和坚韧,我只是你黎明歇息里
放飞的一只鸟,我飞得又高又远
但永远笼罩在其中,姐

我记得那机杼
接近生活和真理,被穷困人家的手所表达

源自事物的核心,姐,我记得
你的容颜,众多布帛所不能显示的
因深夜的织布肌肤白皙
你不停变换手姿,那声音在深夜悠长战栗

姐,憔悴的人生无所哀怨
今夜我远离了村庄,安详与宁静里离开的
我穿着你织的布,可我离不开
那声音,伏在深夜的机杼上,那缓缓萦绕
让我感恩和显示出生命美好
和力量的声音,姐

别在寂静的深夜为我织布,别
这无限劳动的自身的返回,对影成二人
我知道哀伤的命运,痛及其刻骨的恩典
姐,别那样坚守住黑夜

那继续在深夜的织机,你也不要独坐
要回到天空和大地,看看阳光和
花朵,这精致的织物、局部的人生食粮
你要在拥挤的人群中为我留下
瘦弱的躯体,被风摇曳的,你要珍惜
你被布帛裹住的心,姐

静静的长夜里,这不能承受的巨大情感
这生命中最纯洁的声音,来自

平凡和朴实,一种文字不能表达的酸楚
我会永远记得那些声音:
高贵、圣洁,使幽怨的人生得以平安度日

1992年1月

昙花的方式

一朵昙花的方式,在春天的腑脏
迟迟打开的内心一闪即逝
宛若习艺途中短命的天才,音的丰碑
怀抱大地弹奏的方式

历劫不灭的灯盏一经闪耀
我们就记住了它,像我们脚下厚厚的泥土
这生命中的练习曲,昙花
要开放在时间的峰尖上
一现就暗合了一生的宿命

它的缓慢恢复是那样漫长
不能遏止,不能在春天看到艺人最后的
歌唱,仅仅是一种方式
毁灭了自身的心仪
死亡成就了一生不能宽恕的完美

消逝的美啊,如果
在我们习艺途中,昙花仅仅一现
这不足以悲哀,悲哀的
是这灵魂的独旅,昙花不现
空寂的习艺使多少浪子半途而废

他们把圣洁的诗歌高擎在空中
没有人可以让他们舒展,像
卷曲的花蕾,这中间是谁的头骨?
他们的沉思被郁闷裹住
这一生,又是谁被允许短暂地开放一次?

1992年2月

纯净的思想使我恢复宁静

星辰出现在天空,这是光明的一个返影
你看,这些琐碎的、无名的灯盏
为赎回它们在尘世的美
至今仍保持着孤单的高度

纯净的思想使我恢复宁静
这样的星空,它回应了多少人遥远的梦
像在素绢及盛装月辉的器皿,我
接下早年的梦——梦再梦
我心中一腔热血已经临空

今夜的灵魂向大地归隐
星辰太高?在星空下沉思的少年
陈衫依旧的父亲,我扶不住这宿命里
生命的背叛,像一阵风
虚妄的悲凉献给了今夜的沉寂

姓氏、生卒和四散的灵魂
我看不到他的叹息
寂寞、孤苦、形单影只地徘徊
我看不到今夜倒下的悲壮的中年人
一生屈辱的泪水洒向青空
在我心中转过身

他们回到今夜的星空
不为黑暗所动,像经世不灭的灯盏
穿过尘世的良知,你看,苍凉中
的清风、明月、纸,它们
穿过这寂寞的天空,已使我们的思想
在仰望中——趋于宁静

1993年4月

寓言中的鸟

像光一样令人迷惑的,止于一部诗书
或一次林中的踟蹰,寓言中的鸟
被阳光和自身的形象所歌唱,像幻觉
平衡另一个幻觉,构成自己的森林

飞燕是春天的剪影,它把青春的火焰
掷向人间,背后是积雪的暗光
你看,苍穹下的诗歌从不间断
因为心灵的感召,那自由的云雀带着
火云的精神,重临了内心的阴暗

这不是生物的鸟,大地的精灵和隐奥
从伊索到王尔德,天空中的鸟是
天空回荡的音乐,一页薄纸上
森林退回了远方,我看到的是命运的
启迪,一个漂泊的灵魂无以告终

那取其寓意的,从春燕到冬天的雪鹳
鸟以自己的方式隐身于寓言,沉思
要迫近它:驳杂里真实或虚空的吟唱
一个正在被良知遗忘的空间和呓语
及一次自由的、意志的飞行

那羽毛带来的、生命的景行和话语
那灵魂的焦灼,一页薄纸裹住的意蕴
思想和爱恋的头骨安上我的头颅
寓言中的鸟,迷惘要透过云霄,促使
我灵魂的豁然开朗——像

这个秋天的文字及阅读,从一个幻觉
到一个人一生的成长和欢乐
从童心过渡到知天认命,寓言中的
鸟:它止于一部诗书或一次林中的踟蹰
被阳光和我们平淡的生活所想象

1993年5月

流　星

空中一腔热血！在童真的年代
人间的幸福撒向青天
它是如何流失，又是谁如何
留住这盏灯，——它不灭的瞬间的光焰

流星！我要把无情苍穹划破
像紧刮着自己的骨，是不是
大地上有人把灵魂先于肉体送到了天上

人们说，星辰流失，人间
就会遗落一个美丽的生命
但谁看见它隐忍无言的苦痛？

七月的星空下，它走得那么快
像一阵乐音，返身回到风中
仿佛要把人间的苦难从大地上收回？

唉，这样凄艳苍凉的夜空
我用一页薄纸
紧藏起生命的短暂和虚无
如果我的心也是这夜空中的明灯一盏
流星啊，我又将要照亮谁的一生中
寂寞的成长和欢乐——？

流星！空中的一腔热血
人间的幸福撒向了青天呀
我看见最冷的火焰在心中流泻
不是熄灭，而是为了再生

          1993年5月

初　雪

像盐一样，最初的雪
晶莹、剔透
从高远的苍穹落下
盲目的美献身世间的寒凉

它在今夜的大地上行走
今夜的大地没有黑暗，只有黎明

它落在阴冷的今夜，是
北风吹动的繁星，在天空中舞蹈
是幽寂里的火焰，照着一个人
在苍茫途中，是冰凉中的热血
呵护住风中战栗的大地

它对于草籽，是今夜皑白里的阴影
它对于生命和死亡
是明日我内心的光明
是堆高的月辉和净水
在沧桑的大地上留下的悲壮的冥思

但我今夜在大地上行走，对于雪
我是不是一个深深的伤口？

像时光长年空照我悲怆的返乡之途
在季节尽头，我背上书简与诗篇
风雪中的故乡传来渺远的歌唱
一生的幻旅倒在灵魂的血液中——

今夜的大地峨冠博带，今夜的
沉湎和追思像灵魂中的大病一场
望不到故乡，我心已伤

1994年2月

鸟群到达

一

黄昏的空地上,一只鸟
降临,空地
夕阳下的鸟,它使天空感到空旷
万物善于倾听
歌,然后高歌

二

远处若隐若现的是人类的屋宇
鸟在空地上,鸟
游弋在一些不眠人的心里
鸟的呼吸是云中最动人的飞翔
秋天在它身后
长长的鸣叫在天空中弹奏

三

两只鸟到达,它们的盘旋不出声
事物的真实,两只鸟
在夕阳中倾斜
它们相互呼吸、感知和等待
两只鸟,一只存在于
另一只中

四

如果更多的鸟到达,空地
周围的森林就出现了
这是无数只鸟的宫殿,无数只鸟
使天空变得狭小
它们静止或运动
无数只鸟,无序中的图像
要到达最高的美

五

从人类的天空到鸟的天空
我注意到它们
一只鸟,无数只鸟
集体的力量与智慧的深刻
它们只须到达
在自由的时间和空间中

六

但在这块黄昏的空地上
一只鸟的到达
鸟群的到达,这精灵涵虚的形式
鸟与天空构成什么
当鸟一动不动
是什么在人类内心
持续飞行

七

一只鸟的方式

物候和气仪里，它独自飞

或众鸟降临，在夜晚

它们和人类一样各自隐藏起生活

从空地退守到森林

密集的更加密集

空旷的更加空旷

虚有的大美在天籁里沉思

八

它们到达，使

夕烟到达人类光明和理想的高度：

集体行动决断了生命的

恢宏：一只鸟

和无数只鸟，羽毛吐着天空的火焰

它们的啁啾，要完成

从表象到精神的统一

九

就像这相互呼吸、感知和等待

在一块空地上

在很多彻夜不眠人的心中

鸟群到达啊，先是

一只，地平线一样忍受着

然后是无数只，使

空地缩小，使人类的心境无限辽阔

十
它们使万物善于倾听
从无数只鸟到一只鸟
自由的限度与秩序
它们歌，然后高歌
露出空地

1994年3月

丹顶鹤

五月的芦苇在风中倒向一边，像美倾向寂灭
五月的湖边，九只丹顶鹤飞过
像梦幻和自由，带来爱恋的白玫瑰火焰

它们在苇草中栖息，仿佛九位少女
又仿佛九位白发苍苍的缪斯
它们雪白的羽毛是荻花扬起的飞絮，还是
圣洁的云母？每一阵风吹过
我都看见它们振动的翅在心中舒展——

"天啊，纯洁的丹顶鹤、圣灵的飞禽
黄金的时光里我倦怠了腐旧的生活
在这些洁白的灯芯草中，我该怎样述说
少女的爱恋，血液涌向头顶——"

它们那美丽、白皙的身姿更动人
像一部诗卷的开篇，又像这个午后湖边
最迷人的光泽：它先于心到达湖面
又先于词语达到诗歌。它们

时而飞起，时而落下，更像是九朵白云
在苇丛中腾跃，草梢有浮光
我们的心因之有宽广的冥思和爱恋

辽阔的湖面也因之容纳了表述不尽的

欢乐和泪水。而它们的颈项
白玉到达无瑕，它们颀长的脚，锡箔
浇向红铜，这是谁一生所渴慕的风景？

美与自然法则的律动，季节的倾向
九只丹顶鹤啊，你们飞过，多少爱恋的灵魂
指向了不可能的事物——

1994年4月

旅　人

一切都是经过，一个被时光
任意抛弃的地方，无论是阴暗、晦明
怅然的是鼹鼠刨出地底的火
一条直达的铁轨偶合了心灵的弯曲
是永在途中的人在途中成为秩序

命运在中途是会改变的，相对既定的
肉体的向度，一个沧桑的旅人——
"一个沧桑的旅人他就要在中途
下车，像一个即将的缺席者"——

"我一直在寻找一座遗忘的村子
但一张列车时刻表总是把我剩下的时光
——予以指明，而村子却不在任何
一个终点，它已经消失，只能在途中"

他在一座飞驰而来的小站下车
他看到甫停即逝的列车出现加速度
不禁伤心，"这是乌尔镇，一颗
贫乏的心脏，从这里向前只有一条路
那里能不能还我最初的欢愉？"

他不知道他乡即是何处，自从有列车

他就一直这样在驰骋,一条铁轨
通向它的终极,众多铁轨带来灵魂上的
困惑,他经过的只是时光反复的褶痕——

"这个机械和物欲的时代,列车
始终在其间奔驰,时光抛人何等啊
从前的灯火、回忆,如今是一座座城阙
再也看不到土坯草寮的故乡"

1995年7月

七月十五日夜

心灵带来时光的盈缺,七月十五日夜
爱达到寸心,我要
让它迷人的笙箫吹出血滴!

一辆在空明中奔驰的马车
一个在光滑乱石中前进的孤独者
七月十五日夜,我
要回故乡看望久别的亲人啊
一轮明月孤独地突进
苍穹的姿势有些浮颤

我沿途看到的是寂灭的山岗
倒毙的秋草,一只在清辉中迷途的鹳
和一辆熄火的拖拉机
及在它旁边和衣而睡的中年人——

"你看,有多少生命还在
今夜乘着月光奔跑,像心灵的约会
沿途的青砖瓦舍依旧有灯盏
还有一些皓首单衣的老人,这样的
清辉使它们感慨人生的慈悯"

我甚至还在一条小路上遇见

一个瘦羸的小孩去请邻村的赤脚医生
他哭泣着,但月光使他的面色
凝重:"我一直跟在月亮后面
黄昏的一阵风吹倒了我的母亲"

而我这样奔赴故乡
轻快的风不久就吹过了我悲凉的胸膛
"——人生盈虚如彼,这累人的
他乡,寸心即是到达,或者
说他乡即是故乡?"

1995年7月

透过破碎的窗玻璃

一场风暴过后,玻璃从窗前破碎、消失
——"无形的力量打开了窗子"
一个孤独的思想者从中伸出头颅
偶尔俯身看见了敞开的美——

那些纯粹行为是烈性的,玻璃的破碎
取缔了心与物的阻隔,风暴过后
事物仍保持着深度平衡:
简陋的房舍在倾斜中走出一个
面露惊遽的少女,一个沿街叫卖的菜农
仍为挑剔的胃走在大街上

风暴过后的天空开始涌出细碎的阳光
人是急促的,但洗净了倦容
风吹弯了高压电线的腰,但不再
尖锐地呼啸,那飞得更高的蜻蜓
玻璃的反光映着它薄薄的两对翅膀
下面奔跑着一群欢快的孩子

一个赤膊少年在一堆垃圾中
捡拾苦难的生活,他身上只有瘦弱的
骨和黝黑的皮肤,他在捡一个易拉罐时
被玻璃割破了手指,但仍要笑

仍要在沾满灰尘的脸上露出洁白的牙齿

他们仍要感谢命运中这些小小的恩赐,让
一个车夫在阳光下把轮子转得更快
让一个年老的母亲在庭院里生起潮湿的蜂窝煤
驱除掉风暴留下的生活的霉味

就像生活并非在退缩,一个孤独的思想者
在风暴过后的大街上递上思想的
触须:啊,天空已经变蓝,而空气更加澄明

1995年8月

此　刻

此刻存在于一个夏日的午夜,此刻
一列火车穿过黑暗的隧道,时光变得寂灭
一个垂暮老人到了弥留之际

此刻一首音乐被众多睡眠的心灵演奏
此刻借助圣灵的耳朵,残章
使余光在风中舞蹈,又在风中折了翅膀

此刻的广场收敛了迈开的双脚,此刻
一个独身女子穿过寂寞的街道,在
一座石雕旁吐出了隔夜的思想、食物和胃

此刻一个老媪在旧时代的电影里睡去
梦到失踪的孩子,一个老年人在幻象里复活
看到今夜起身的亡灵。此刻的歌唱

遮住了撬开仓库的强盗,此刻人类的陷阱
被穷人踏中,雷霆惊动了半夜的良知

此刻一万条生命降落人世,此刻原罪
和救赎在衍生,一个落第的书生满面泪痕

要重返命运的旋涡啊,与时光为伍

此刻一只迷恋月光的蝴蝶在荆棘中折了翅膀
午夜梦回的人看到自己仍在梦里

1996年5月

工艺品市场

时代令人怀疑的美的赝品,仿佛
一个淑女人老珠黄,站到了镜子的反面

我从金钱那儿借来高傲的姿态
一个涂口红的女人也站在工艺品市场门口
——病院的美女、苍白的玫瑰
一个秃顶老人正替她扛出仿制的景泰蓝

"一个傻瓜,因为他爱过美,而且
还在爱。"——可怜他丧失爱美的年龄
但他有钱,金钱和物质扶住了他的

倾圮。"我来这里是购买一朵永不
凋谢的玫瑰的,它有血红的心,纯洁似
天鹅的羽绒。"——可怜我失败的
生活,永不凋谢的玫瑰也换不回

永远失去的爱情。"你要的那是
植物的标本",——机械和复制的时代
这里都是仿造的工艺,"我们只出售
塑料花、木雕、石刻和织物"

可怜一张爱情的草图

它已埋葬在寒凉的腹中——

"工艺品市场美轮美奂的物品里怎能
没有一朵爱情的玫瑰?"我这样自问——

可怜的是另外一对情侣,他们在为是否
买下一对红木酒杯而争吵,微妙的言辞
已使人怀疑他们每天是否有幸福的宴饮

"爱就是缘分,一朵花是微不足道的。"
一位先生跟我说。由于买不到永恒的玫瑰
犹豫中我也买下了一对酒杯中的一只

"如果另外一只被一位小姐买走,这
是不是缘分?"我这样想,我的意思
是:但愿那一只不再有孤独的人把它买走

1996年7月

象 征

一座巍峨的大厦，一种形式主义的美
一座森林，一个迷途思想者陷入的宫殿
自然法则和人类的心跳，它隐秘的
秩序苍穹也不能把它剖析——

一个老人，一轮清辉中皓首单衣地散步
昨日的马厩、羊圈，今日的感慨、慈悯
一座坟茔也不能让他更加洞察命运——

诱惑来自一座梦中的游乐园，生命中
巨大而雄浑的晕眩，生活中
难免的急流旋涡，一个沉思默想的
中年人也不能在艰辛中回到童年——

一艘困在大海上的船，一匹被击破水囊的
骆驼，它们面临的威胁是一样的
神明也不能为它们指出清晰的路径——

一个圣徒和一个乞丐走在途中，衣衫褴褛
风餐露宿只是一种表象，肉体与精神的
两极，哲学也不能忽视这两种人的生存——

太强的光将照得什么也看不见，只会留下

更黑的黑暗,庄严的是大地上的青砖瓦舍
一个个升向天空的陷阱,最聪明的智圣也
不能不吃饭睡觉,画地为牢——

知识也无法解释生命中的偶然,真理
有时也要在风中起伏摇摆,——画面完美
词语准确,一种象征也不能把自己阐释

1996年7月

遭 遇

一些深邃的思想加上一些悠远飘忽的行踪
一个人站在一座大厦的顶端
——他妄想比时代站得更高远？

借着一次偶然的眺望，一个炙热而短暂的
夏天降临，赤裸、丰腴，犹如一颗
褪去皮毛的栗果，——他脱下道德的外套
但在昏厥中攀不住一只轻盈的翅膀

你能说我不热爱生活？他不断这样诘问
他来自另一座城市，他从肮脏的行囊里
掏出一叠诗歌说：那都是时光的散页，他
已不能轻易察觉已经溜走的激情

那是一座殖民时代的建筑，很久以前就已
开始有衰老的斑痕，他精心挑选的
为的是遭遇古旧动人的艺术和真正的美人

"我并不喜欢夏天，但——"他在烟雾中
被一群穿得越来越少的少女呛了一下
必要的停顿使我看到了他意味深长的目光

——"成群结队的美多么像

生活中的插曲,像没有尺度的平衡"——

他甚至不知道这与他的思想札记有关,就
像尖锐对于柔韧,他觉得自己只是经过
是漫不经心的、消闲式的行吟迎向了生活!

1996年8月

在风中的河边

"一个人冥思不伴随着风声是不可想象的
一个人冥思,时光在变厚
生命在延长,而风要更加尖锐。"

在黑下来的傍晚,在河边
一个矮个子中年人这样说,我看见(或许
只是感觉到)风正在掠过
炊烟散尽的屋顶、一只斑驳的船及
它附近的一座牛奶加工厂

"类似劳动的艰辛,一个人的缺陷
是他饥饿的胃和咯血的肺。"而大地捧出了
牛羊、稻谷和深夜仍在轰鸣的厂房
正在蔓延的黑暗(但不是风)在河上游的
一盏灯下得到更深的滋生

我看到万物的旋律都源自劳动的沉默
只不过在风中留下了灰土、尘烟及气味——

一辆破旧的马车在行进中辗断了自己的腿
一只鸣叫的寒蝉,不知旦夕
但刚好撞上了黑夜的大门,我看到
它们都没有走得更远,持续到深夜的劳动

却为它们擦亮了满天星辰

一位苍老的母亲在月光下挑选谷粒
牛奶加工厂的轰鸣搅浑了黑暗里的思想
风中弥漫着牛奶的清香

而我坐在灰蒙的河岸上,一条河
和它两岸的村落都亮起了灯火,我看见
一个人的冥思和大地的沉默紧紧连接
在一起,离风很远,离心很近

1997年8月

午夜,下起了薄薄的雪

在这样的午夜,一个人的灵魂在风中疾驰
一场雪正悄悄降落,——这样的
午夜,闪耀于黑暗中微明的暗示,我看见
薄薄的雪渐渐透出暗光,像黎明

"一个人独行坚持到深夜,黑暗就
消失?"这样的午夜,一个人在风中疾驰
沿途是低矮的屋檐和不眠的心,他
行走,感到衰老聚向头顶,"风雪的覆盖
多么迷茫,黑暗在虚幻中就要崩溃?"

寒风有一对冰凉的翅膀,湿润的肺
使他不断咳嗽,"时光有一片辽阔的
光晕呀,你看,生命就像雪花的
飞舞,我要在风雪之前返回故土,但
看不到大地峻深的怀腹"——

一座旧时代的木屋依旧亮着灯火
旁边是一堆结着冰凌的柴薪,他走过
他听见弱小的雪片传来大地的心跳
一只迷途的黑鸦鸣叫着划过远空——

"这个虚软的季节啊,谁还在忍受这

寂静的尖锐的夜晚？大地浮白
是不是生命的突进都要这样咽回心中的
泪水？薄薄的雪像黎明，——而
灰蒙的天空下。更大的是遥远的沉湎

将他围困。"像一个人内心虚幻的显影
闪耀于黑暗中微明的暗示：
——这样的午夜，奔驰呀，浮肿的双脚
离开了大地，但有热血的翅膀在飞

            1997年10月

路过城市

像一座蜡像馆,我路过的城市
美千篇一律——

羊奶被涂上面颊,时光被
化学物品切割,那些内敛的少年
也在风中敞开了衣襟

我路过的这座城市
就像童年记忆里乡下剧团后台的
化妆室,"三千佳丽的风姿
是一个美女的绰约。"
就像无辜的生活、重复的规则
已成为这座城市的秩序

一群女大学生在路上晾着肚脐
像一群蹩脚的舞台剧演员
不怕美在扭动中泄露
还有一些叛逆的女子,她们嘴唇乌黑
大街上露着玉腿却不知严冬将至

人们分不清老媪和少女
就像对生命和衰老,我们不能分辨
其中激情的走向,我甚至还看见

两个女子，一个是祖母，一个是孙女
她们走过却留下银铃般的回音

"这座城市到处都是涂鸦的人
是一座剧场，只有你这样路过的观众。"
在一座书店里，一个自称是
艺术家的人这样跟我说，但我看到
他的长发像我乡下的姐姐

直到快要走出这座城市，我才遇到
一群熟悉的人，那是在市郊
一块巨大的广告牌下面，几个
捡垃圾的妇女，她们衰老的容颜
酷似我记忆中勤劳的母亲

1998年8月

第二辑 | 收到母亲来信
　　（2001—2010年）

疼

很多个春天过去了
但一到春天我胸口就生疼
我希望我是喜欢春天的
像一粒种子迎接秘密的雨水
但我一见到风就想起早年夭亡的姐姐
一忆起往事就想起到处沾惹的柳絮
我那样矛盾,就像
一个病人,热爱美好的事物但力不从心

2002年3月

春天的蜜蜂

在日落之前,一群蜜蜂在夕阳余晖下
住到葵花里,这些
过着集体生活的单身汉
正用劳动表达对生活的不离不弃

可能是第一次看见这么硕大的花朵
它们嗡嗡地叫,像找到心中
隐秘的欢乐。相对黄昏的恬静、惬意
它们也是恬静、惬意的,一只
存在于另一只中,有人们看不到的

秩序。有一段时间,蜜蜂会不会
误认为那精致的葵盘是它们的家,镶满
花边的家?我想蜜蜂也和人一样
会怀念、联想,从相似的事物中寄寓

自己的旧梦。——你看它们
贪婪地采集,静静收起翅膀趴在那里
就像一颗颗跳出葵盘的瓜子
看不见的清香和甜蜜在空中弥漫,连
夕阳都延迟收起它的金线

但如果天黑下来,它们怎样返回家?

那座自然界里最精美的集体公寓
会不会准时关门?——这里是原野

我想蜜蜂离它们在山里的家肯定还有
不短的距离,不过我不替它们考虑这个
问题,我知道对勤劳的蜜蜂而言
它们在黑暗中也可能是一只萤火虫

2002年5月

收到母亲来信

母亲以前总停不下来,如今腰椎间盘突出
心脏也出了问题,她从乡下
写信告诉我,这两种疾病相互伤害
她不得不歇下来,像个废人

她问起我这些年的生活,问起
胡金国、杜三湖,问起远在云南的老赵
也问起当年她来武汉时,那个深夜
起来陪着她上厕所的女同学

我说他们都过得很不错,胡金国的
双胞胎女儿变得越来越漂亮
杜三湖刚搬新家,老赵变成了一个胖子
那个女同学在南方教书,已

做到政教处主任。这些都是
我的老同学、老朋友,但我没有告诉她
由于各自的家庭和工作,时间
和空间,这些老友好像都疏远了

——我也再没交什么新朋友
我没有说出这一切,我是一个恋旧的人
我不想让她察觉她中年儿子的孤独

每天清早送上学的儿子挤公交车

然后一个人夹着公文包往单位赶
这是她从小就喜欢离群索居的儿子,他
有过热闹的生活,但如今已退避在一旁
——与生活有着难以言说的距离

2003年5月

除了爱

除了爱，我心里不再有秘密
四十年，一些执迷的人在文字里痴人说梦
四十年后，我一直在回忆
除了爱，我剔去文字中阴冷的词汇
我去远方，但一直把故乡背在身上

我遭遇过夏天最滂沱的大雨和秋天
最湿重的霜露，很多时候
我和柏拉图睡在一起，我执着于精神
迷恋细小的事物，除了爱
我不再计较季节的绿减翠衰

我和荷马与博尔赫斯度过了最黑暗的黑夜
我用文字描述饥饿的胃
用食物喂养庞杂的思想，除了爱
我把生活当成与时光的漫长较量

我一生屈辱的泪水都滴在这些灰白的纸上
像一个积劳成疾的书生
在半夜咳出的鲜血，我把这朵
最艳丽的梅花送给我的亲人，我读书、写作
除了爱，不再与命运捉无谓的迷藏

2005年5月

前些年在西安

那些宫殿、那些美人,它们从哪里来?
前些年在西安,在那些陵寝之间
穿来穿去,我想起一些人
弯曲的、不规则的颠沛流离,咸阳是我
停留最久的地方,但不是
是非之地,——就像西安不是长安

碑牌不是一个词牌,我也不是一个游客
我另怀有目的,不猎艳、不狎邪
只寻找一个秘密的姓氏被
如何放逐到江西,那条古道从哪里出发
多远就失去了亲人的足迹?

秦、陈、田、黄,我想看看
另一条暗藏的历史之河,如何成为西安
地底下的清凉之水,有什么沉下去
还有什么会浮起来,那些诗、那些辞赋
这么多年为什么还和它纠缠不清

如果我说愿意和天无去兵马俑
愿意看一个理性的人沉默地打量着历史
是不是意味着我不愿意和张执浩去
阿房宫,一个天生的诗人,感性

有女子青睐，那语词中的风月，有毒

令人妒忌？但我不愿意和一个女子
前往西安，从前的勾栏、酒肆，如今的
食府、发廊，它有气象，但没有了
气数，我不愿意黄河缠在它身上像
一截烂肠子，灰暗、浑浊，拖着

一座城市往下沉。我只喜欢秘密的遭遇
在那些踢得出骨头的土地上
无论书生、商贾，民工还是仕女，我只
喜欢我能数着自己贫穷的肋骨听人家
告诉我：长安繁华，居大不易

2005年7月

懦弱的人

我是一个懦弱的人,在城市行走
我偷偷打量那些美丽的女人
看她们细细的吊带、白净的肌肤
当她们偶尔将余光投过来
我就低眉顺眼,贴着墙根慢慢走

我在这座城市捡垃圾,我知道
在这些美女眼中,我也
是城市垃圾的一部分,但我的心
知道,我收拾的这条街道

并不比我端正、健康。——我也
愿意有一份优雅的生活,但
当我"心灵是愿意的,现实却在
我身体的软肋插上了双刀"——

我每天细细捡拾我的生活,看到
多少位美女,就收到多少
鄙视的目光。我分开易拉罐
和饮料瓶,和这座城市一直忙碌到深夜
我小心翼翼,但并不为此感到羞愧

那些美女不知道,这座城市

其实也是一堆巨大的垃圾
那些幽暗的发廊是肮脏的，那夜总会前
进进出出的红男绿女是肮脏的
那些洗桑拿的人，无论怎样的水
也洗不尽他身上的污渍

但我是个懦弱的人，不敢指出这
一切：这其中的庸臭、堕落
这其中难言的虚伪、假面，这其中
掩饰不住的罪孽、泪水和屈辱

"多少美女啊，如果她们的心也是美的。"
我也有过一些不切实际的想法
但我知道这是可耻的，每次都有
一种剧烈的、波澜不惊的疼，像烈日下的
汗水悄悄溅上不曾愈合的伤口

2005年9月

石雕厂的春天

春天的郊外
众多石头在黄昏中站立
像一些语句放弃修辞
粗糙的皮肤在夕阳下露出丑陋的凹痕
每块石头都不一样
矮的趴在地上,高的像一堵墙
远远看去像一群温驯的绵羊
其中一些已有了形状
但是模糊的,另一些身上有无数
碎裂的肋骨,但并不呻吟
似乎与这个时代保持着高度默契
我不知道那些石匠是如何
从中找到它们的血脉和思想的
但我知道对内心的不断雕琢是他们的秘诀
从前是,现在也是
就像在这座春天的石雕厂
当一块石头被赋予生命的形式
我似乎看到枯燥人生突然有了高亢的激情
我甚至想把那些石块
运回它们深山中的故乡
或者像赶绵羊一样把它们赶进草丛
看着它们重新扛住一座山峰
俯瞰着春天的大地

2006年4月

想起唐玄奘

一个人怎样成就他的伟大?一个哲人
用他的冥思,一个古老的术士
用他诡异的算计,而一个僧侣,要用
他的脚翻过大地的苦难的脊背

我不想说救赎,就像我不想说
在过去的寂寞时光中,一个人怎样
背上自己这个包袱,——一个人与自己
做伴,他怎样独自走出长安?

难以取消的事物差别,啊
只有他一个人取消了,包括性别
灵魂与肉体,仇恨和爱情

如果真有人生真谛,我想
只有他没有怀疑过,就像虚妄的事物
总被自身所局限,——"每个人心中
都有一个傀儡,他要固执地
将他自己的思想左右"

但我必须说出我对他的敬重
从二十七岁到三十六岁,从
长安到天竺,我必须说玉门关以西

"春风不度"四个字既不轻佻
也不暧昧，它的苍凉是亘古的

"一些事件的意义在于行为本身
在于它有始有终。"这句话是一个
叫奥修的人说的，像为他量身定做
但不知怎的，我突然想到
那些在世界各地玩眼镜蛇的印度人

难以安生的凄凉，难以普度的前生和后世
——有时候我甚至希望小说中
那些美丽、浪荡的妖精都是真实的
那样他的旅途就会少一些孤单和寂寞

2006年7月

胆结石

我并不胆怯,但惧怕这些小颗粒
它们从哪里来,如何聚到我体内

我的眼里容不下沙子,但不得不
接纳这些细碎的小石头

一个脆弱的人从此有了坚硬的部分
我不得不将它藏在胸中
尽管我知道,这是一个错误。就像

我知道石头有石头的愤怒,我捂住
我的腹,以为是受了风寒,以为
是憋屈的生活伤了胃,败坏了兴致
其实是我劳碌的命终于被秋凉清算

这些小石头在你体内有些年头了
啊,这样一颗弱小的胆被石头
挤得生疼,它难以倒出的苦水也是
我的命运必须接受的一部分?

应该说我这些年是安分的
读书、思考,沉默不语或清心寡欲
我从未粗暴地对待我的身体

也没有借着胆子粗暴地对待生活

但这些小石头就这样悄无声息地
填进了我的胸腔,像无理的僭越者

如果有一天它如一颗子弹击中我
这痛快的一了百了我将欣然受命?
我将欣喜于它的精确和速度
终于能够结束我胆战心惊的生活?

2006年9月

致云南赵鸿昌

如果今后有一个叫卢伟的男孩找到你
那必定是我的儿子无疑

十五年前,火车在令人不安的阳光中
送走了你,我对你说那句话
就像生离死别

十五年,如今麻雀都退回深山,我的
儿子已经十岁,我给他取名卢伟

真的像十五年前就已准备的一个谐音
并在他十岁生日这天给他讲到
你这个云南的胖子

他一听到云南就跳了起来:云南!
云南是不是就是孔雀、大象、红茶花
一个只有春天的地方

他只有十岁,但已开始计划
去你那儿了,从三月到八月,已攒下
伍拾贰元柒角捌分钱

再过一年就能够买一张到昆明的

火车票了，再过一年就有去大理州的
汽车票了，再过一年

我就能穿过大理到下关了，再
过两年就能有住简陋旅馆的钱了，再
过一年我还能给胖子叔叔

准备一个礼物。他扳着手指头
计划着，但他没有告诉我是什么礼物
我数了数，按这个速度

他到你那儿就十八岁了
十八岁，这么一来就十八岁，我想
他突然出现在你面前

会不会把你吓一大跳，你
会不会出现幻觉，把他当成当年的我
然后为这么多年的离别而感慨不已

2006年10月

锄完地，间或再读一下书

上午，慵懒的阳光照在书桌上
室内是春天的温暖，室外是我闭上眼睛
也能看见的、穿着绿衫裙的甘蔗苗
正和风嬉戏在一起。——锄完地，间或
再读一下书。当我面对一张白纸
试图描绘春天的大地，突然听见
一个声音在我耳边轻轻响起，像笔尖
划过纸张，风吹过树叶，一会儿
在室内，一会儿在窗外，一会儿像来自
遥远的美国瓦尔登湖，一会儿又
像在湘北的一座水库附近，我似乎听见
这个声音在轻轻对我说：去看看
春天的原野，看一头牛踩下生命的脚印
看邻居的妹妹和一朵花交谈，看
青草怎样谦卑地给大地铺上绿色毯子
掘开生活的土壤，看看那些种子
和苗木是怎样深深扎下自己的根，似乎
这就是生活和写作的全部秘诀，是
一个人思想取之不尽的墨水

2007年5月

白皙的手

我小时候有一双男人少有的、纤细的手
白皙、修长,即使说它是葱
也一点都不过分,它们长在我手上
就像不是我身体的一部分,倒像
是十件羊脂玉的佩饰

人们都怀疑它们的出身,那样长那样白
我自己也怀疑,就像一件精美的东西
不得其所,成为罪过,我总是
先用煤灰将它们涂黑,然后才和伙伴们

在一起挖野菜、打猪草
因为它们与周围的一切是那样不协调
与深山中黝黑的岩石不协调,与
屋前水田里的淤泥不协调
似乎与生活本身也有不可调和的矛盾

"这双手有异象,可惜落在这个贫穷的
地方。"——小时候,对命运的
暗自垂询也是我渴望它变黑的原因,就
像难以认命的美是一种羞辱,我

羞愧它们在我贫寒的生活中

埋下败笔。但不知怎的，它们后来真的
越变越黑、越变越粗、越变越短了
是不是在那白昼连着黑夜的键盘上，当

生活的苦难总是按下去又弹上来
它要对一切有所压制和削减？但改变又
怎样，不改变又怎样？一个人从
童真到知天认命，当我伸开手，我发现

人生并不因此有所改变，无论是
修长白皙还是粗短黝黑，够不着的它们
仍然够不着，它们仍然是空的，仍然
在我一穷二白的生活中长短不一

2007年6月

在临湘监狱

穿过南江河到临湘,我带着新婚妻子去看望
我的一个朋友,河水快干涸了
像秋天缩紧了身子。——"迟早有一天
我要他付出代价,迟早。"路过十里铺时
我想起他去年的这句话,那时我的
朋友在八角亭中学教物理,他娇小美丽的妻
在一家保险公司做文员,绯闻在她
和她的领导之间像霉菌一样让他喘不过气来
终于在春天,手无缚鸡之力的他
把一把尖刀捅进了那个大腹便便的男人
心脏偏左的位置,秋天,他就被送到
临湘监狱了。今天刚好一周年,我和
妻子走过一片收割了的稻田后终于到达监狱门口
在接待室,我发现他变得黝黑健壮了
"我刚挖完水沟回来。"——他挺了挺身子
我从背包拿出带给他的香烟、火腿肠,说
"在这里还习惯吧?"只见他眼睛突然红了
说:"你以为哪里不是监狱?"语言
还是和从前一样充满锋芒,我赶忙给他介绍
我的妻子雅儿,他笑了笑说:"这也是
监狱,甜蜜的监狱。"接着我们又谈了一些
其他的事情,包括男人的血性、冲动
和屈辱。但从头到尾,我们都没有谈到天堂

2007年8月

山雨欲来

行走在丘陵，两座山之间有什么
孤单地悬着？天慢慢暗下来
接着又是哪里来的光晕辉映着它们的肩膀？
那匍匐在它脚下的村庄
卑微地点起幽暗的灯火，生命压得多么低
像黄昏的宁静压住的，快喘不过气
又像早前的一阵乌云，笼住人生中惯有的灰暗
但好在天已慢慢升高，透出如黎明的光亮
这么多年来，这是我第一次看见
被孤寂压低的村庄，第一次看见它的屈辱
在被雨水洗刷之前有着黎明的模样

2008年6月

让自然最奥秘的生命充满心灵

从前我的歌追求思想的光芒,我写火光点燃的
书籍,写赫拉克利特的河流
写卡夫卡的流放地及庄周的蝴蝶梦
像一个孤独的冥思者沉迷于彼岸的阴影与幻象
如今,我不再醉心这样一座
虚有的迷宫,我要回到大自然,看
一朵花如何吐出它娇嫩的蕊,看去年洪水怎样
放过我贫穷的家乡,看屋前的稻田
屋后的仓廪,看它们怎样
藏起早春的种子、雨水和明天。那
清风的小镇,我一生爱恨纠结的村舍和作坊
当三月槐花未开,白茫茫的
水面映不出亲人劳作的身影,我要
打开蒙尘的双眼,让鸟儿在薄纸上掠过初春的
田野和屋顶,让自然最奥秘的生命
充满心灵,像曲塘中的荷箭
在淤泥中扶正自己的身躯,像寒风中的禾苗
在大地深处呈现出最动人的起伏
我要让我的歌唱像深秋的南江河一样澄澈起来
坚定、简洁,穿过故乡平凡的生和安详的死

2008年7月

青山水库所见

青山水库安放在山中,像一面明镜
这是一个蹩脚的比喻。——但
贴切,无可替代

它宁静、秀丽,映照着蓝天、白云
也映照着飞鸟、雨滴
和不安的心情

那藏在嫩绿山坡的映山红映照其中
像有人正在水底下纵火

那洁白、带着泪滴的梨花
是纳博科夫文字中的洛丽塔,它的
丰腴要胜过心中的海棠

水面漂浮着孤独的小木船
心无所系,如流岚、如散落的木叶
但有轻快、奢侈的自由

一对情侣登上东侧的游船
他们亲昵着窃窃私语,平静的湖水
要为他们掀起内心的波澜

一群中年妇女在挖野菜
丰满的芦笋、苗条的野葱，要充满
自然主义生活哲学的情趣

这是山里的仲春，很多人来这里清洁
污浊的肺，寂静是
如此喧闹，有梦幻的色彩和光影

我绕着水库走了大半圈，我遇见
一树桃花红得惊艳，遇见
一只蜜蜂，它的腰身还是那么迷人

我还遇见一个少女，在
开满野花的路边，脸上羞涩的红晕
一下子将春天压了下去

2009年5月

老 屋

一阵风吹过,我不知道
有什么在它心中摇晃,是主人坐过的一把藤椅
樟木打造的一只圆谷桶,还是那些
锈迹斑斑的农具?如果我回来,是什么完成
我对过去生活的指认?父亲说,我
走以后,你就把我葬在左边的平冈,让我看见
每年节日老屋的柴薪、灯火和炊烟
父亲想看见的也许是一个贫穷人家的香火延续
但如果父亲能从今夜的坟茔中起身
他会不会对我如今的生活怀着深深的疑虑?
他走的那一年,天大旱,草木尽枯
他在这个世界上比祖父多活一年,比祖母也只
多活了五年零八个月。多年来,他
除偶尔到我所在的城里,都一直守着老屋
一个孤单的老人,他是怎样安度
那些寂寞的时光?又是怎样把香火点在祖母的
灵牌和照壁上的神位前?如今我回来
一把旧锁锁住它的心脏,像一个人在时光中
呈现出衰老的容颜,但当我推开门
看见空置多年的房间里,一切像刚刚
被人擦拭了一遍,到处都干干净净
亮亮堂堂,当我找到一把椅子坐下来,我感到
旁边一把椅子也轻轻动了一下,并
发出一声我熟悉的、沉重的叹息

2009年7月

在长江入海口

信仰是大海的底部,无论大海表面
有多少激荡的风浪,它是平静的
在长江入海口,一个在苦难中穿越
大半生的人说话像维特根斯坦
幻想用语言来阐释无常的人生,但
我更惊讶于曾经的梦:翻山越岭
从遥远的大海取回生命中不落的太阳
相对孤独的少年时代,这句话的
光亮一直照着我寂寞成长,我相信
每一条河都能流向大海,就
像每一根血管都通向心脏,但如今
我发现事情并非都是这样,在
长江入海口,我嗅不到故土的芬芳
我相信大海底部是平静的,但
生活仍然要在风口浪尖不断地吐纳
那些一直匍匐在大地深处的人
那些一直逐水而居的人,他们不知
大海有多么咸涩、沉重,不知
大海收集了人类过去的多少泪水,就
像一个人到中年,他的心看似
波澜不惊,他疲沓的生活却永远也不能
阐释人类的信仰和不可知的命运

2010年4月

当夏天来临

当夏天来临,我的心知道
我多么想裁下一片白云,为她
做一袭洁净的长裙,让阳光
牵着它在风中舞动

只有我的心知道,我多么想和
她在一起,像两只甜蜜的
蚂蚁,乘着一片清凉的树叶沿着
故乡长长的南江河慢慢航行

但夏天还远,夏天
还藏在迟迟不肯落下枝头的
花蕊中,它曾经渴望
枕着流水的波浪暗结心中的果实
但这会儿,它还留恋着过去

就像我南方瘦小的爱人,她
还只在一树石榴的枝头
带来夏的消息,她的热烈是羞涩的
她一半的红晕还在春天的怀里

在时光这条嬗变的银链上
她心里的怀想也是缓慢的,甚至有
赖在春天不肯回来的意思

2010年5月

第三辑 | 清晨在鸟鸣中醒来
（2011—2020年）

平头坝的春天

在平头坝,我藐成群结对的东西
包括暴雨前归巢的鸟
不夹带一丝杂色的紫云英
成片的二月兰、十里飘香的桃林
我藐视把春天集中一处
把兰草从山里挖出来
把映山红移植到路人可见的山坡
我藐视思想的贪婪
把春天理解为繁花堆积
也藐视来到平头坝的一片片欢呼声
和在平头坝上给麦苗
除草的人的集体沉默
我喜欢的春天是平头坝人的春天
悬在幕阜山的尾巴上
花蕊在地米菜中最先展开
欢悦在有人烟的深山
最先涌出,走一阵就觉得身上的棉袄多余
藏在坝底的野水仙也忍不住心花怒放

2014年3月

小偷东林

我发誓,没偷东西。我一直记得
东林这个眉清目秀的少年
十二岁那年,在
张湾被一个少妇堵在她家门前发誓
说他没有偷人家菜园里的瓜
也没有挖地里的红薯
我记得那是一个夏日的午后,东林
涨红着脸,眼泪汪汪
少妇双手叉腰,眉眼似笑非笑
东林不拿爹娘发誓,也不
轻薄自己的生命,说如果我偷了瓜
明天我家菜园里的瓜果
全部烂死,家里的鸡下不了蛋
猪养不过中秋,这个被誉为
十里八村最漂亮的少年满腹委屈
倔强地站在那里,我记得
那个少妇最后捏了一把东林的脸
说小崽子,长得这么俊,你就是一个小偷
现在不偷东西,长大也会偷人

2014年8月

与己书

我不再是那个踏浪的游子,也
不是那个踏青的少年
我不再回到任何一个春天
也不再回到
那座青砖垒砌的庭院
如果要回去
我要拆掉它的院墙
让阳光和藤蔓轻易从上面爬过
我要搬走那些栅栏
看青草铺得有多么奢侈
花开得有多么恣肆
树有多么庄重、风有多么轻佻
如果允许我奔跑
我要一直跑到遥远的大海
在上面种花、种草、种树
即使明知是徒劳
我也要一意孤行
——你看蓝天上白云的羊群
就是有人用尽毕生力气把他们赶到了天上

2015年3月

鸟　雀

我很多次写过幕阜山的鸟雀
然后由鸟雀写到人
写人在虚拟生活里流下热血
在现实中却一筹莫展
为了避免不必要的纠缠,我也
不断回到过去,写
一只鸟模仿另一只鸟,写小鸡
模仿雄鹰,斑鸠模仿大鹏
又写人模仿鸟,大鹏模仿庄子
为保持个人独立性,不被
宏大叙事所诱惑,我也写鸟人
写一个算命先生为别人的前途
奔波在崎岖的山路上,写
葬礼上的道士如何给恶人一个
美好的往生,写一个懒惰的人
在自家菜园挖出金元宝
写一个乡村小混混在节日里也
能收到多余的礼物,然后
像庄子,说他们如小麻雀在蓬蒿里
飞来飞去,沾沾自喜,像活着

2015年9月

我喜欢你斜阳里的剪影

我喜欢你斜阳里的剪影,在半生的
光阴里,我喜欢那一个黄昏
或许是黎明,但
这都不重要,重要的是时光有了意义

在窗前,又像是在走廊的
尽头,你迎着光,我用目光给你剪下
又在心里画出——

我为它添加的背景有教室、操场
办公室、街角转弯处
有异域风情的旅馆,也有风云激荡的
时代广场和山中紧闭的柴扉

我从少年画到中年,从青丝画到白发
画到终于成为一个蹩脚的画家

——因为这虚妄的慕恋,我
可以谈起浮生,说时光没有浪掷、虚度

说秘密的爱啊,是朝晖,也是夕阳
是黄昏,也是黎明——

2015年10月

春天十三章

一

一个人走在春天,遇见一场雨
遇见蓑衣、油纸伞、杨柳下的牛背
遇见一幅水墨画,遇见画里落英的路径
一个人被春风追杀,一路的血迹
消失在中午涨起的河水边

春天在睡梦中死去。这是他出发前
没有想到的,他只记得风和日丽
柏拉图的理想国、陶渊明的桃花源

此刻他要忆起南阳刘子骥,一个病终
世外的书生,问今春何春,此地何地

二

一座雨水中发着高烧的原野
一个阴冷中患上风湿的踏青者

他要问青草铺向的远方,雨水中缩回的
种子的白芽,这秘密的野心如何被暴露

三

一定有告密者。——苗木还没有破土

就有人造屋,蚕还没等到青嫩的桑叶
就有人开始织布,这是他内心的

高危作业,在万物苏醒之前
在寒风中焊一节被寒冷锈蚀的雷管

这是他一直深藏的愿望,踮起脚尖
寻找一座失去的隐秘乐园

如今到了渡口,雨水阻住了行程
——蜜糖里加进了一勺粉白的砒霜

四

他遇见一个朗诵者在郊野摊草青的薄饼
遇见一个赌徒在青楼掷命运的骰子
也遇见一支送葬的队伍,白衣、白幡

取消了事物的必然性,让梨花
有了悲伤的味道,杏花也有了悲伤的味道

像命运不绝的对赌:青草死亡后一定
在春风中复活,青春在雨水中
也会抬出春天的棺椁,一个摊薄饼的
书生也会吟诵出动人的诗篇

五

他想起川端康成,写一位母亲看见

装殓后的女儿就像一位化妆的新娘

春天的残忍与美在此时都映入他的瞳仁
花朵压弯了树枝，人世间也莫过如此

——树枝没有看见果实就别了它的世界
虚假的繁荣要了我们在人世的命

六

沿着不断上涨的河水，他有圣人的
冲动，感到心里有一座熊熊燃烧的高炉
里面有初春百花的仙丹和残冬枯叶的沉渣

他相信命运不懈地坚持，不舍昼夜
但不相信所有的春天都能接续下一个
春天，就像他读圣贤书，不相信
只有赫拉克利特选择了河流的阴暗面

春光不过是所谓圣贤给出的春天谜语
水流挟裹的金子或泥沙，他坚信
每个人都将把春天描述成另外一个样子

七

就像他描述此岸卑贱之物的美
比油菜花更早的白萝卜花肯定
不同于地米菜花，逃过小鸡啄的菜叶虫
不一定低于伏在水边蒿草上的螨蛾

他曾经发誓不为外物所役,也不役于心
但如今要被春天的漂浮物所系,被
一叶无所系的小船荡出柳暗花不明的虚空

既不能轻行缓步,也不能敛声屏息

八
他开始爱雨水,爱雨水的悲伤
爱垂柳甘于放下身段,默默地爱

爱蚯蚓拱出了新土,爱新土在雨水中
成泥,爱蜗牛伸展身子,又从新叶上退回

爱麻雀像听话的学生在电线上站成一排
爱花喜鹊反剪着双手,像一个
年事已高的老农,在春风里无所事事

他爱那些在春天懂得进退的事物
也爱雨燕不知进退,不怕感冒
得一点儿春光就在风雨中沾沾自喜

九
与去年春天相比,他感到春天
既没有脱胎,也没有换骨,但死而复生

它在乡村是动物性的

被猫叫醒后是牛背上牧童的笛声
在城镇是植物性的,是打着结的丁香
和害羞的海棠、穿花格子短裙的少女

是虚拟的旋律伴着雨水
在万物的心尖上弹奏

十

他看见对岸,有一个和他一模一样的人
是在雨水渐小、河水退落的时候
他惊讶竟然有人和他使用同一副皮囊

他知道这是幻觉,但陶醉于这个幻觉
像那些枝条和青草陶醉于水里的倒影

他喜欢这个互为彼岸式的呈现,一条
小路架上河水,一个人与自己结下半生缘

在春风中看见自己走出自己的身体

十一

他有一件蓑衣,现在他要抖落上面的
雨水,把它送给还在雨中奔波的兄弟

他有一把油纸伞,如今他要留着上面的
落英,把它送给爱过的寂寞的乡村姐妹

但他不再恨，不再恨一条流水
终失去桃花源的津渡，不再恨藏在
春风中的密探，使天空布满阴云
——对他而言，一切不过是爱的衍生物

十二
像一个博物学家那样生活已不可能
像一个哲学家那样生活也不可能

一个人走在春天，他觉得时光是
一段一段的，雨水是一段，阳光
是另一段，一个人使使劲，他就能
扯着自己的头发离开自己挣扎的地面

看见红绿交映、千里莺啼
看见一只小手，扒开春天雨帘
露出上苍在人间精心涂抹的调色板

十三
遥远的乌托邦、虚幻的桃花源
那不过是春天使的反间计——

梨花半遮的庭院，垂柳拂动的牧童的
笛音，春风中追逐嬉戏的鸟雀
雨水洗刷的万物的新亮，它们如胶似漆

难以自持的美要催动春天妒忌的焰火

燃烧一个人内心铺张的奢侈——

这是一个早已败露的秘密,其实他也
早已置身其中,只不过此刻才回过神来

2015年12月

堂前燕

在乡下，只有一种鸟会把窝建在人家里
这么多年来，很多鸟雀
都快绝迹，只有这种鸟从不惧怕人
仍然和人类保持着难得的信任
我们那里叫堂前燕，有的也叫观音燕
小小的脚、短短的喙，啄虫
啄草，也啄春泥。在幕阜山一带
燕子并不能被驯养，但人们
都把它当成家禽，它们小小的窝建在墙壁上
和我们共一个大家庭，天黑关门时
人们总会关心燕子是否已回家
秋天燕子南迁，去寻找
更温暖的阳光和田野，那个窝总会被留着
像父母为出远门的孩子保留着他的房间

2016年3月

夜宿大别山

半夜,被自己的咳嗽惊醒
夜色寒凉,明月半窗
听着安静的流水
微风轻轻吹动的树叶
想起人居一隅
天衣地被、身盈心虚
一些事物在黑暗中沉睡过去
一些事物像我一样在半夜醒着
人生所寄又能怎样
千里大别山也不过有着人世一样的孤独

2016年3月

路过水库边的酒厂

从春天的幕阜山下来往西
最醉人的地方是酒厂
交织着泉水和阳光的甘洌
草疯狂生长
花也开得亢奋
像一个人换上春衫
与无法改变的命运推杯换盏
那从酒窖中一点点提上枝头的绿
勾兑着温水般的生活
让人始信寂寞的身体也有对春天的渴望

2016年4月

山花烂漫的春天

在幕阜山
爱桃花的人不一定爱梨花
爱野百合的人不一定爱杜鹃
爱洋槐的人
也不一定爱紫桐、红檵
只有蝴蝶和蜜蜂爱它们全部
只有养蜂人
如春天的独夫
靠在蜂箱旁掉下巴,合不拢嘴

2016年4月

蜗 牛

趴在一株栀子根部的蜗牛
每天往上一小段
栀子一夜舒展出新叶
在早晨的微风中摇曳生姿
快与慢的两极
蜗牛在这个万物勃发的春天
显得一动不动
缓慢的事物凭借耐心
迟钝的人下笨功夫
在春天
我就是这样的动物
我内心也有一朵朵洁白的栀子花
但我跟不上春天的节奏
不是慢一拍
而是生来就落伍的自卑之心
但有人一夜
攀上命运的高枝又如何
一只蜗牛背上
自己这个沉重的负担
在每个时间节点上以静制动
不忧、不怨
也不出走自己
这样被动的事物反而让我暗暗生畏

2016年4月

牛筋草

在幕阜山一带,到处可见牛筋草
跟很多言过其实的草不一样
这是名副其实的杂草
没有什么用,但根扎得深,充满韧性
它一般生长在贫瘠的硬土上
长条叶、细茎,易弯难折
牛也不爱吃,常常被人用来逗蟋蟀
因为艰难地长在薄地
很少看见它有嫩绿的模样
也很少见到它们茂盛地长在一起
我小时候随父亲开荒时除过这种草
荒地上每隔不远有一蔸
彻底清除需要锄头
它的身高是由地下根须决定的
大的可铺展达一个平方
在那块开出的荒地上父亲种了油菜
开春后也有牛筋草长出来
细长、茂盛、碧绿,但轻轻一扯
就可以连根拔起,茎叶远不如从前坚韧

2016年4月

昨夜的乡村一定大哭了一场

昨夜的乡村一定大哭了一场
你看潮湿的屋顶、水汽蒸腾的地面
草叶上的露珠、少年脸上的泪痕
以及他身旁新坟上不再飘动的白幡
它们都洗净了身子,陪这个
悲伤的少年一直睡到了初阳升起

            2016年5月

山腰上的老屋

一座老屋前长着乌桕、白檵、油桐
枸骨身上有刺,和丛生的木槿
被种在菜园旁边,枫杨长在左侧
一半的枝丫遮住半边厢房,但
是独木。在乡村,不成形的叫杂木
壮直的叫木材,因此乌桕、白檵和
油桐共生一处,枸骨和木槿被
密密麻麻种成一道栅栏,只有枫杨
被宠爱,独占半边空地。这样
朴素不自觉的布局和时代的价值观
何其相似,但我惊异于它们和
山坡形成的这座老屋的虚空和冲淡
一角灰瓦的屋檐在高大的枫杨
掩映下挑出山腰,落寞、苍凉,有
颓废之美,惊异于门前野花开得冷艳、荒芜
那紧闭的柴扉似乎就要被一首诗歌叩开

2016年5月

牙齿之歌

这颗牙齿松动了,脱落后与另外一颗
形成缝隙,漏气
这一生太多让人疼痛的事情
已经不再让我感到痛苦
但我担心再也不能咬紧牙关
担心胃在饥饿
仅有的食物却塞在牙缝,人世有大悲伤
我却不能一字一句清晰地说出

2016年6月

山中一日

世上并没有绝对的中途,只有永远的途中
截取一段路、截取一段时光
对等的距离,好像可以丈量、可以制衡
像爱上一个人,一半的路程
似乎赢得了全部的孤寂,但这一半的甘苦
并不等同于另外一半的甜蜜
一条溪水在中途终于汇入大江
它的欢乐却是减半的,要被浩大洪流所裹挟
我有中途,年过半百但余日可数
我有半生的荣光,但要完败给这一日的颓废
这一日,旧情复燃,江河俱废
这一日,幕阜山高,青丝染成白发
这一日,枯叶拒绝坠落,清风不屑人间
我提着白云倒出的半壶老酒,半梦半醒游荡在神的山间

2016年7月

星 宿

满天星斗,我只认识有限的几颗
一颗是天暗下来就亮着的,一颗
是天亮时落单的,还有一颗
是拖着焰火一样的尾巴从空中划过的流星
有人说星星是人在天堂的真身
每个人都有一颗,星光黯淡之际
就是这个人在人间的劫难之时
但我只认识这有限的几颗
更不能在浩渺的夜空找到自己
我想我的灰暗人生是否就这样被印证
人间无所寄,天堂也找不到位置
后来有人教我辨认北斗七星
说它的形状就像一把勺子挂在空中
当我终于认出天堂里这个有着人间
烟火味的器皿,我心中却突然一紧,担心
这漫长的人世真有一场不散的筵席

2016年7月

爱

一个哑巴爱人世爱得多么苦
他看见双目失明的女孩
出现在清晨的河边
远远地、羞怯地跟在女孩后面
像女孩一样
高一脚、低一脚
那么多叽叽喳喳的鸟
却没有一只喜鹊替他喊出心中的欢喜

2016年7月

想起老家

近些年,我开始比较频繁地梦见父亲
梦见他一个人在老家忙忙碌碌
有时候砌灶台、搭猪圈
有时候在屋顶上翻捡流水错动的旧瓦
有时候坐在门前枫杨下抽纸烟
有时半梦半醒间,感觉父亲仍在人世
想一定要赶回去看看他
但每次彻底醒来,只觉脸上满是泪痕
春上雨水泛滥,老家倒塌
堂兄的电话一下子又让我回到梦里面
想起三十年前,父亲在寒凉的
清晨印制土砖,在黑漆的深夜给瓦窑
添加柴火,想起修建老屋时
父亲蜡黄脸上开心的笑颜,想起
新屋落成,父亲一个人躲在屋后哭泣
想起自己从此再也无家可归
屋后的树木也成了旷野里的孤木
想起在这物欲横流的他乡,有
多少浮华能掩饰一个人在尘世的悲苦

2016年8月

一棵野柿树

水库南边山坡上长一棵野柿树
说它野,是因为它独自长在一片枞树林
出身也让人怀疑。它是借助
什么力量,以什么方式潜入
这片枞树林的,是借助散漫自由的风
还是目无纪律的鸟?一片枞树
在山坡上生长得整齐划一,一棵柿树
就像一片稻田中的一棵稗草
破坏了这面山坡的纯洁性。这棵柿树
现在还没到挂果的年龄,如果有一天
它挂上金黄的果实,在这片枞树里被突出出来
会不会有人说这其实是不成熟的表现

2016年9月

挖藕人

两只鞋,一只新、一只旧
它们摆在一起
一只干净新样
一只沾满污迹,磨破了底
在它们不远处
几只鹭鸶练习独立
一个人正在湖里挖藕
鹭鸶的腿直而修长
挖藕的人双腿埋在淤泥里
当他在浅浅的湖水中移动
我看见他用手从藕筐旁边
摸出一支拐,像一个
熟练的水手驾驶一艘快要
搁浅的木船,轻轻一点
就把自己缓缓送到前面的淤泥里

2016年9月

上 河

阳光是逆着河水照过来的
照着挖沙的船、日益裸露的河滩,以及
河滩上零星的荒草,说是河
其实是众多的水凼子,因此远远看上去
就像一面打碎的镜子散落一地
不再有浩荡的生活
不再有可以奔赴的远大前程
上河反而变得安静了
并开始映照出天空、山峰以及它身边的事物

2016年9月

独 立

独立的金鸡、平静水面单腿站立的鹭鸶
停在松枝上的白鹤,它们纹丝不动
好像对世界而言,一条腿就已足够
但在云溪,我看见一只断了腿的山鹰
被人牵着在路上蹦跶,眼睛里充满了火
那条不再听使唤的腿似乎让它感到
愤怒和绝望,独立的东西有软弱的一面
也有坚强的一面,因而是美的
但独立之外的东西显然并不显得多余
无论残废的,刻意藏起的,那支撑起
我们独立的东西一定也包括多出来的
那一部分,就像那个跳芭蕾舞的少女
似乎永远只有一条腿,另一条总是空的
那不过是我们对孤单的力量所表示的
敬畏,以呼应我们在生活中的独木难支

2016年9月

有生之年

说出来就短了一截,像一根燃烧的木头
不是在末梢,而是在底部
像新年的炮仗,远处有大响动
但有一截已不复在人间
有一副好身板,但要贴上中年的风湿膏
有可以瞭望的远方,但
只够在寂灭中忆起这个缤纷世界的色彩
像夕阳收敛光芒,山河褪回底色
候鸟飞临它最后的滩涂
有生之年,灰烬中的火焰归于平静
心中有猛虎,但要蜷卧在
温顺的羊群中间,像马车拆下轮辐
守夜人睡在月亮的臂弯
大地辽阔,却没有多余的道路可供选择
曾经有过的青春、理想和爱情
以及如今捉襟见肘的思想
都要认下,包括承认沙漏里
剩下不多的沙子还在漏,承认半生的较量
已经输给了这不堪的人间

2016年10月

水 库

这座水库坐落在群山之中
有无数条溪流向它汇入
但只有一个出口
它兼容并蓄
也缓慢地释放着
内心积压的苦水
那个春天过后再也活不下去的
投向它的年轻寡妇
那三个在它怀中嬉戏后
再也没有回来的少年
那艘深夜沉没的运粮的木船
那个急匆匆赶路失足的中年人
那些被山洪冲下的幼獐
他们在水下是否继续着各自的生活
漆黑的、孤独的
但仍需要憋气的生活

2016年10月

春天来了,我们要做个无所事事的人

没有必要动土
没有必要清除腐烂的落叶
没有必要以为池塘里的
残荷没有生命的气息
冬天过后,脱下棉袄的人
在风中等待雨水
没有必要焚烧荒草
没有必要剪枝
没有必要移植幼苗
植物在替大地翻耕它的田野
没有必要打深井
没有必要擦洗犁耙上的铁锈
没有必要掐草木的嫩芽
风吹过幕阜山
万物都跟着轻轻动了一下
没有必要驱赶小动物
也没有必要掐尖和打出头鸟
春天来了
我们要做个无所事事的人
看大地如何自己翻过身
自内而外焕然一新

2016年12月

五十抒怀

一个人到了五十岁,有万念俱灰的时候
从前有很多道路铺展在前面
现在似乎只能看到一条不断变窄的归途
朝阳不是他的,落日也不见得是
他依旧背着生活在奔走,但是下坡时辰
从前那么多被他挥霍掉的东西
如今要费力地一件件捡起,但腰身难屈
从前在劳顿奔波中错过的风景
如今要在路途重新看取,但时日不多
他看到的山川是秋天的山川
水汽在上升,但河流要不断地往下降
他看到的事情,不再有新鲜感
但仍旧在经历,身体里积攒着多余脂肪
但不再有多余水分,胸中
偶尔有一些坚硬的东西露出来,但很快
就会被另一些柔软的东西所覆盖
比如善良、谦卑、仁爱、悲悯、不忍人
之心,以及伤感、沮丧和羞愧的泪水

2017年1月

母亲的镜子

母亲厢房的柜子上有一面镜子
在母亲离开老家后的很多年一直摆在那里
像一轮孤单的月亮。这种联想
源于那些年的乡间生活,干净整洁的母亲
在庭院纺织,月亮像一面镜子
从东边的厨房移到西边的厢房
母亲可能用它整理过凌乱的头发和褶皱的衣裳
但我想月亮也是她的一面镜子
用来整理自己落寞的心绪和忧伤
那么漫长的秋夜,母亲一定在月光下洗过
她的愁容,也一定在月亮后面
擦拭过生活的污渍。镜子的光洁和锈痕
在时光中把母亲送到暮年,我
相信除对充满劳绩的人生无怨无悔外,这两面镜子
也是她一直保持干净整洁的仪容的原因

2017年2月

写信的母亲

这么多年来,我只收到过乡下母亲的来信
用方格作文纸写的,一笔一画
就像村庄小学里那些书写很认真的女生
她把写信当成生活的一部分
在那些泛黄的纸页上,可以看到灰黑指痕
和银白发丝,就像她当年在灯下
缝补时溅上衣服的汗渍,挑落线头落下的
细碎布屑。她写那些清凉的时光
写柴门推开的早晨,火塘聚拢的漆黑的夜
写鸡窝、猪圈,挂在树梢的丝瓜
烂在地里的萝卜,也写那些被时光带走的
亲人,半夜怎样和她在梦中相聚
起风了,像猫爬过屋顶,下雨了
天怎么也亮不起来。她越来越敏感,越来
越细腻,让我想起小时候,雷声
滚过天庭,姐姐和我在惊恐中等待黄昏的
来临,想起那时候祠堂里年轻的
女老师教我们写信,——"字迹这么潦草
你母亲认得清吗?"想起大雨中
放学回家,大字不识的母亲接过
我的作文簿,笨拙地在上面描上她的名字

2017年2月

半边猪

一个人在山路上用自行车驮着半边猪
一个人、一辆自行车、半边猪
他们就像快乐的三兄弟
显示出欢乐的三位一体。终于快结束
一年的艰辛,看起来只有猪的
快乐是真实的,眯着眼
横着半边身子,不需要像人一样奔波
自行车一样被蹬踏。但
在这个新年即将来临的乡下,我相信
一个被劈成两半的人的快乐要
超过猪的快乐,你看这个骑自行车的
中年人,一半在年前的集市
一半在山里的家乡,一半在妻儿身边
一半在父母床前,一半在余岁
一半在新年,单薄的身子分割得不再
有多余的东西,但他的口哨多么欢快
像是获得了神对他的额外奖赏

2017年2月

草　绳

黄昏的山路上出现了一截草绳
我突然一怔
天空还有微弱的光
可以看出这是草绳
粗细均匀地趴在地上一动不动
但它的姿势
动摇了我的判断
它盘在路边的草地和沙粒之间
还有一小截伸出来
似乎一条蛇正在伺机而动
草绳不是蛇
我为什么感到心有余悸
我想我惧怕的
其实是蛇这个概念
是蛇这个字在生活中投下的阴影
是在人和蛇之间
那些悄无声息的伤害
那些永远找不到解药的疼和苦
那些被毁坏的大道
蛇蝎爬过草丛带出的歧路
无法温热的冷血
无论是草绳所束缚过的
还是被蛇咬过的

我惧怕的是在这个冷寂的季节
我们翻越那么多崇山峻岭
却仍无法避免杯弓蛇影的生活

2017年4月

夜宿羊楼洞

一座古镇缀在幕阜山尾部
一座古镇被落晖封在遥远的明清，有
衰老的痕迹。我因此相信
松峰港清澈的流水是被遥远时光带回
又从古老的山石中渗出的
我喜欢它恰到好处的败落
没有被命运所击溃，而成为命运的一部分
我也喜欢它恰如其分的夜色
一弯弦月安静地悬在寺庙
上空，既不刻意照亮什么
也不刻意隐藏什么，但与
孤单的命运共进退，——好像我们都有
漫长的前生，也有要共度的今世

2017年5月

雨打玻璃

雨打在落地窗上,顺着玻璃往下流
我从室内往外望,雨水中的玻璃映着我的脸
就像看见自己在流泪
从来没有看见过自己泪流满面的样子
看着看着我的眼睛真的湿润起来
似乎自己半生的光阴正在这样的雨夜
被一面玻璃所映照,一个人
曾经硬扛着这个世界时忍住的疼和泪
正在这样的雨夜被苦雨一点一点浸了出来

2017年5月

菜 园

初夏，花朵在山中的枝头落下
只有菜园仍赖在春天
南瓜和苦瓜头戴黄花
豆角和茄子打着蓝白的蝴蝶结
冬瓜和辣椒如腰缠万贯的土豪
和他年轻的辣妹
一个腰变粗，一个越来越苗条
如果省略掉翻耕、施肥、除草
省略掉它们对泥土的吮吸
和对阳光的抢夺
我喜欢这个小小的菜园
没有约束，也不
需要节制和道德感
就像丝瓜藤昨夜还在和空心菜纠缠
早上又爬到墙头
和一群蜜蜂打情骂俏
藿香放肆地喷洒香水
番茄偷偷在叶簇下珠胎暗结
我喜欢它们的散漫、自由
该开花时开花，该结果时结果
每一株都活出自己的样子

2017年5月

含羞草

知羞耻的不只是人,也有植物
条形的细叶,绒线一样的花,人轻轻一碰
就收敛起自己刚刚舒展的笑容
风吹过来,雨滴打在身上,都不为之所动
——仿佛动它的人不知羞耻

2017年6月

明亮的中午

在一个明亮的中午,五十岁的中午
我在烟雾中看见
四十岁的自己正匆匆赶往一个地方
依稀是一场葬礼
离世的人已睡进樟树岭最好的棺木
我在一群表情严肃的人中间
刹那间两鬓斑白
而不远处,三十岁的自己正肩扛着
一袋粮食走在山路上
因不堪重负,人一下子失去了平衡
跌进路旁一道沟壑中
醒来时,却发现自己不知什么时候
坐在中学时的教室里
教室百叶窗外
白天和黑夜走马灯般交替
我抱着用米袋改做的书包坐着
又突然看见少年时的自己
在黄昏的山坡上一边放牛一边看小人书
隐约听见离世多年的父亲
在山下焦急地喊我,我想大声回答
张开嘴却发不出一丁点儿声音

2017年8月

瀑 布

这是一条季节性的瀑布,远远望去
就像一条白练挂在山间
说是瀑布,其实
是成片的水被赶下悬崖
也许集体的都是盲目的
随波逐流的日子到了决断的时刻
那么多不要命的水已经
没有了多余的选择
我不能劝它们回头
它们也不再有回头的机会
就像一个人在生活中动了妄念
滚滚向前的洪流是
他不能抽身的红尘,那看不见的深渊也是

2017年10月

清晨在鸟鸣中醒来

清晨在鸟鸣中醒来，风过窗
过远处树梢，轻轻地，像一片树叶
吹动另一片树叶，一个人应和
另一个人。昨夜轻轻放下的
在潮湿的青石板上留下的，在蒲团上
簌簌往下扑落的，那寄在偈语
和箴言中的（——啊，何来命运的
断喝和真理），风又轻轻地把
它们送到黎明的曙光中。这风何曾
是昨夜风，这鸟鸣又何曾不是
昨日的鸟鸣？想起在青檀树下躲雨
轻言细语的雨滴，把世界推得
越来越远，想起灯光下众师在茶禅中
把诗意——送回俗世生活中的
庸常和闲适，仿佛自己昨夜被
洗过一遍的皮囊，此刻正一件件返回我自己
干净、明亮、空有，但充满了欢喜

2017年10月

最好的柏木

最好的柏木长在向阳的山坡
最好的柏木做成棺椁
埋在老瓦山的土里
最好的柏木长着一张沧桑的脸
最好的柏木打去皮
身上有着和老瓦山一样的伤痕
最好的柏木生长缓慢
伴随着老瓦山一代又一代人的
生和死。就像那年冬天
母亲从房梁上放下四根老柏木
请木匠为父亲造千年屋
老柏木多好啊
刨子刨起的木花清香弥漫
成堆刨花就像老瓦山顶积雪的暗光
虽然父亲卧病在床
但母亲和我们姐弟都知道
最好的柏木和最好的人仍在人间

2017年11月

祝福蝴蝶

瓦片上停着一只蝴蝶,刺花上也停着一只
瓦片上的蝴蝶一动不动,如
落叶,刺花上的蝴蝶随着花枝摆动而摆动
如另一朵花,我喜欢
一切安静、懂得收敛的事物,也不
反感它们从前轻浮的追逐。啊,一只蝴蝶
停在瓦片上,祝福它远离喧嚣
一只蝴蝶停在刺花上,祝福它仍眷恋红尘
祝福瓦片上的蝴蝶获得安宁
祝福刺花上的蝴蝶也有不得不接受的、命运的刺

2018年2月

炮 仗

我胸中填满了硝和炭
然后被一层一层的纸裹得严严实实
好不容易藏起内心的刚烈
你又狠心往我体内深深扎下一针
并在针孔里埋下长长的引线
这纸包住的、深深的绝望
如果有一天你因为悲伤或喜悦点燃我
让我成为一朵粉身碎骨的花朵
开在漆黑的夜
我希望你是喜悦的
或是因为寂静的爱避开了悲伤

2018年2月

等一个人

在湖边等一个人，柔软柳条在水面轻拂
但没有风，茫然中感觉
自己一直在这样等，等春天浅绿的嫩草
如他刚刚长出的淡淡的胡须
等他的尖嗓子在一个早晨变得瓮声瓮气
等他看见一个女生走过后
一个人在窗前发呆，等他锁上抽屉欢快
走在上学的路上，等他
学会抽烟喝酒，并用挑衅的眼光看着你
在生活面前唉声叹气，等他
失恋后一个人躲在房间哭泣
等他一天突然为你披上外套并紧紧搂着
你的肩膀。可你等待的人却
怎么也长不大，只等来双鬓爬满白发，看见
曾经的自己一个接一个从湖面走了过来

2018年2月

烧炭人

在幕阜山上,烧炭人像一头黑熊
蹲在土窑前
临时搭建的住处堆满山里的硬木
有栎树、楮树
也有白花檵木和油茶树干
窑火是昨夜生起的
他要赶在寒潮前将炭烧好
这种紧迫感让他身上不断流下汗水
像窑火里的木头,边燃烧
边滋滋地冒着水汽
你们看,这就是生活本身
没有绝对对立的事物
水火也能在窑里交融
他生火又把它熄灭
像无事生非,像他这么多年半黑不白的生活
渴望在其中煅烧,又要避免成为灰烬

2018年3月

槐花开放

去理工大路边长着一棵槐树
昨天还是骨朵,早上已雪白一片
像有人躲在树上爆了一整夜的米花,还在爆

2018年5月

构　树

并非刻意栽下的景观树
它被留下来
是因为旁边的红花檵木和白蜡都没有
熬过八年前的那场大雪
它是小区里唯一的构树
既不粗壮、挺拔，也不丑陋
属于最平庸的树种
没人见过它开花，果实开始
像绿绒的线球，晚秋时
成深红色，看上去让人垂涎
实际上连鸟雀都不怎么啄食
因为来历不明，有人说
它的成长是个错误
但它却一天天用藏着的鸟鸣和婆娑的枝叶
把我们从枯燥乏味的生活中救出

2018年7月

墓志铭

深刻使人痛苦,浅薄使人快乐
我深谙人世的痛苦
但庆幸你们让我一直生活在浅薄之中
我告别的人世
你们也会陆续告别
我欣喜的是
从此可以像一座拆下齿轮的钟表
不再需要无休止的机械转动
我有所怜悯的
是你们渴望的前路真的有尽头
而你们不知,我也无法给你们描述
大地除了无尽的覆盖
其他不过是虚构的幻象
像草木覆盖草木,流水冲走流水
每一刻都是死亡
每一刻的死亡后面都是重生
你们可以在这个土堆上插青柯或花枝
也可往上面扔石子
这是我生前对人世的亏欠
如今我沉睡
仍然愿意接受你们的毁誉

2018年8月

偏头痛

症状得不到缓解,突然觉得人生短了一些
痛苦产生哲学,但痛不是哲学
我的痛是我自己的
我有满脑子纠缠不清的思想,但我不认为
偏头痛也会带来偏见,就像在
这个令人焦虑的初冬下午,我向一位医生
打听对症的药物,他给我开出天麻
白芷、川芎、辛夷及女贞子
让我和甘草一起煎服,我确信这些药草中
只有甘草对症了我的偏头痛
我确信五十年来,是甘草的那一点点甜让我
偏着脑袋在庸常的生活中吃尽了苦头

2018年9月

一个接生婆的晚年

人们都叫她打生①嫂驰,操福建口音
老瓦山一带上年纪的人几乎都是经她的手
来到人间,八十三岁的她手上布满青筋
但仍然白皙,她慵懒地坐在向家嘴的晒场上
仿佛远处田畈上走动的都是她的儿女
她只有余生,没有晚年。我和母亲去看她时
她已经时日不多,声音短促,但清亮
那年秋天,当一个年轻女子拖着带血的身子
在半夜敲开我的门,我以为会有晚年
她又一次讲起老瓦山人都熟悉的那个故事
只是这次她加进了命运感。那是我接生过的
最漂亮的女婴,没有哭声,我以为
她没有活过来,可当我处理完她虚弱的母亲
却看见她已经睁开眼,一个人在笑
她说自己不是本地人,一直不曾有孩子
和她生活近四十年的男人那时刚刚离开人世
女婴的到来让她觉得是上天对自己的眷顾
人都是哭着来到这个世界的,这是
我见过的、唯一一个笑着来到人世的女孩
那个女子第二天悄悄离开后,我就
决定收养她,让她长大以后陪伴我的晚年

---

① 打生:湖北通城方言,外地口音的意思。

这真是一个美丽的女孩,在她小时候
我就觉得老瓦山留不住她,但我没有想到
她长大后像她的母亲一样不安分
跟着一个年轻英俊的锁匠去了福建再没回来
说完她露出满口豁牙哀寂地望着我们
仿佛她的晚年正在一点点消失,其时
我母亲也患上绝症,她的晚年也在一点点
消失。回来的路上,母亲伤感地说
没人知道这个打生嫉馳是如何来到老瓦山的
五十多年了,也许是上天特意
安排女孩以这种方式代替她回到故乡
似乎只有一位母亲能理解另一位母亲的苦
似乎自从离开了娘家,我们的
母亲都是如此悲凉地走在返回故乡的路上

2018年9月

阳光灿烂的一天

阳光灿烂的一天
黄昏时候他突然悲从中来
不是因为太阳快要落山
不是因为在岔路口
不是因为即将结束的明亮
不是惧怕黑暗
不是有什么事情即将发生
也不是无所事事
也不是因为孤独
以及"柳阴直",客倦他乡
仅仅因为斜阳洒在金秋的大地上
使一切显得如此完美
他突然悲从中来

2018年10月

牛

牛散养在山里,不再被用来耕田
牛开始自己养活自己
或者说牛一直都是自己养活自己
只是不再靠出卖苦力
换取那些粗糙的干草或偶尔的豆粕
终于改变了自己的生活方式
当主人放下手中缰绳
我想有一刻它一定是犹豫不安的
并无逃离樊笼的感觉
久被奴役,突然来到的自由
一定会使它慈悯的眼中充满感激
可怜这动物,也许我
要庆贺它没听过卸磨杀驴的故事
你看,冬天刚刚到来
山下集市上的牛肉已
涨到五十元一斤,它的主人正在磨刀
雪花也没有掩住刀锋发出的寒光

2018年10月

秋阳下的母亲

秋天来了,屋顶南瓜长不动了,在屋顶
趴了下来,昆虫在动用私刑
把冬瓜叶咬成网状,露出它肥硕的身体
我无所事事陪母亲在屋前晒太阳
云朵在天空游走,母亲养的槐鸭在池塘
伸出天鹅一样的颈脖。很多年
我一直在故乡来去匆匆,好像
从来没有像今天这样享受过秋日的阳光
我想这对母亲同样是奢侈的
一只七星瓢虫从脚前的南瓜叶上飞起来
我才发现它也有翅膀,阳光照着
母亲头顶的白发,也照着我发白的双鬓
坐着坐着母亲就睡着了
嘴角还留着安详而满足的笑容
阳光静静地覆在她身上,像一支摇篮曲

2018年10月

悲伤不分大小

那年冬天我父亲离开人世
漫长的时光都在雨雪中
把父亲送上山后
母亲才开始准备过年的物资
不到半缸的晚稻米
两箩筐红薯和一箩筐玉米粒
仅有的小半刀腊肉
除每天被送到父亲的坟前
一直到元宵节那天
才切下一小半烧了一碗萝卜
正月十五元宵一过
我背上行囊到外地去上学
剩下的小半刀腊肉
都被母亲塞进了我的包裹里
那天,天空凛冽而辽阔
母亲和姐姐哽噎着
把我送到南江河渡口
瑟瑟寒风中,我看见悲伤不分大小
像大地上的河流四面八方

2018年12月

孤独的湖水

我爱孤独的湖水,在高高的山上
活在自己的平静中
我爱神秘的力量把它放置在山巅
像神的一面镜子
只映照高处的事物
我爱它不自损溢,安静而丰盈
我爱它安静中
偶尔也映照人间的幻象
清亮、无源,长着普通的水草
养育着凡俗的鱼虫
也让我在其中看见沾满尘土的自己

2018年12月

两株扁豆苗

开春时播下的种子
一株苗条细长,一株矮小粗壮
在屋前这片小小的空地上
它们穿过黑暗的泥土各长各的
像各自经受各自的教育

            2019年2月

蜻　蜓

那么多迷人的小飞机
垂直降落在水边草尖上，它们这样举重若轻
多么符合我们对所有飞行和降落的想象
而蓝天上，一堆被捧上天的
金属显得多么危险，——在那些
细细的草尖上，一只只蜻蜓停在上面，它们一动不动
一架飞机从高空飞过，它们却颤动不已

2019年5月

平衡术

在有限空间内保持身心的纯正、不倾斜
在一根绳索上、一块木头上
或江面一根苇草上
考量身体的难度也考量内心的难度
我见过这样的平衡术
在万人景仰的高处,中年人脚如鹰爪
在坠落瞬间用脚钩住钢绳
像早年黄昏乡村高压电线上倒悬的蝙蝠
我也看过低处的平衡术
母亲在南江河中斜着身子
拽着一个少年,少年捡回一条命
母亲落下风湿,肆虐的水
与瘦弱的身体保持着奇妙的平衡
但在我的家乡下屋李家
在贫穷和幸福、痛苦与欢乐之间
我很少看见亲人有过须臾惬意的摇摆
他们在生活中起伏无定
如置身一根根绳索、钢丝和独木之上
那么多虚无的东西悬在一端
这一头,他们把全身的重量压了上去
那孤注一掷的穷赌,却
每每如压舱石压上一艘四处渗水的驳船

2019年8月

泡 沫

流水一定有它的悲伤
它在群山中穿梭,只能接受往低处去的命运
但因其有确切的去处,它也是快乐的
它奋不顾身冲下悬崖,在逼仄
幽暗的狭谷侧着身子,在平野缓缓向前涌动
比很多宿命事物多出来的东西是
它有一个辽阔的归属,能在不断低下去的
冲决中抵达生命的恢宏。因此
我们看到流水在最危险、最湍急处开出花朵
而在最平稳、最懈怠处却生出泡沫
有人说水花是流水欢乐的部分,其实有时候
也是愤怒的部分,但水花的欢乐
和愤怒都是干净的,只有在平庸中再也
回不到水内部的部分才成为泡沫
像人世所有的痼疾,因为背叛了自己,只能
在阴暗角落和众多虚浮之物沉瀣一气

2019年9月

山顶概述

山顶光秃秃的,这其实是一种错觉
山顶上其实还有草
草丛中还有小花,还有人迹
还有比人迹更多的鸟羽和羊粪蛋
栎树、椴木和落叶松都长在
山腰以下,这迫使
那些草被突出来,显得不合时宜
并衬出树木的功利和矮小
因此,我们从山顶凌乱的鸟羽上
看到了飞翔的痕迹
从散落的羊粪蛋看到了攀登的身影
米粒般花朵如生命
挣扎的另一种方式:长在
石缝中的草比地上的草更壮实坚韧
它渺小的经验和思想
从未奢望能够超越世俗的表达
却成为朴素真理之一种

2019年10月

星　星

我喜欢星空，但我从不数星星
在辽阔的乡村夜晚，我喜欢它们的闪烁
我喜欢池塘倒映着它们的身影
像缀满暗花的青布，我喜欢母亲说其中有一颗
是属于我的，我孤独时
它就变成草地上的一只萤火虫
其实没有星星的夜空也是一匹藏着暗花的青布
可我母亲已披着它去了天堂

2019年10月

年末,从深圳坐高铁回武汉

时间有无数的切分点
从深圳福田到广州,再到韶关
时间切割了昨天和今天
也切割了旧年与新日
昨日的人穿过黑夜变成了新人
昨日的时光越过韶关变成了新的一日
好像时空在这一刻
有了泾渭分明的界限
世界从此焕然一新
雪是进入湖南后渐有踪迹的
白使陈旧的事物得到一定程度的修正
使乡村屋舍有光明的穹顶
瘦弱的牛羊有了肥美的模样
但事物看上去并不总是它本来的样子
时光这把软银的刀子
要日复一日零割万物的肉身
并带来消失的疼痛
车是在凌晨三点到达咸宁的
从咸宁往南是通山、蒲圻和崇阳
再往东南是我的家乡通城县
一闪而过的山河隔着
时间中的空间,也隔着空间中的时间
新的一年已开始,不知故乡
是否改变了旧时的模样

2019年12月

汪家祠堂前的枫杨树

汪家祠堂前有一棵枫杨
它只有半边身子在活着,每一阵风吹过
都可听到里面东西开裂的声音
那枯死的半边身子同样支撑着整个树干
但那声音不是来自枯死的半边
而是活着的半边,我因此相信活着的事物
承受的苦痛要远远大于
死去的事物承受的苦痛,死亡承担的部分
无非是证明生命不断新生的苦痛

2020年2月

柏　木

出于对祖先的敬仰
很多年来，他都将离世亲人葬在
老瓦岭下的祖坟山
今年他已经八十七
他的妻子和一个儿子早已经上山
我看见他时，他正
眯着眼安静地坐在
祖坟山南面的山坡上
仿佛对人世充满了厌倦
他身旁摆着一把
斧头和一根刚刚砍下的粗大柏木
棺材铺常见的那种
我正要和他打招呼
又看见他满头白发的儿子
正吃力地扛着一根
同样大小的柏木从山下走上来

2020年5月

柴　薪

有一个时刻,每年都会在秋天来临前
被忆起:你在灶台上忙碌
我在灶台下面生火,隔着锅里的水汽
你搅动苕羹,又倒进一小篮野菜
清汤寡水的生活,硬是被
你调出浓稠的汁液。这些年在酒店里
我偶尔也会点菜糊,但再也没有
那样的味道在舌尖上回荡
一夜秋风后枯枝落叶满地,我偶尔也
会想它们可烧多少顿饭菜
但我知道离开了乡村的柴火再也不能
叫柴薪,就像我有不菲的薪金
但不再与乡村的柴火有关
就像那年你来到我在的城市
一个人絮叨着城里没有的事物,只有我
知道,孤寂中你和什么在亲切地交谈

2020年7月

黄龙岭素描

翻过黄龙岭就到了湖南平江、江西修水
山麓瓦屋的青砖长着郁郁青苔
屋顶长着不曾转世、也不曾飘零的蓬草
水田一垄一垄往上走,越来越小
偶尔现出小块平整之地孤单地挂在山腰
映着人影在山间缓慢挪动,映着
牛羊从夕光中探出惊慌的头
像旧时代默片在喑哑影像中露出时光的旧痕

2020年9月

钓

要不是那个中年垂钓者
一条蚯蚓永远不会与一条白鲢相遇
反过来,对白鲢也是如此
一个在暗无天日的泥土下劳作
一个在深不见底的水中过着憋气的生活
其实,它们的遭遇十分相似
但现在,它们一个成功地成了诱饵
一个愉悦而贪婪地上了钩

2020年10月

旧屋素描

一座旧屋门前左侧堆着陈年的劈柴
右侧摆着一只破损的瓦缸
一些草长在瓦缸周围,像要掩住瓦缸的残缺
一些藤蔓爬上劈柴,好像枯木又长出新叶

2020年10月

冬天的宽恕

寒冬来临
宽恕田间
找不到遗落的谷粒
宽恕虫蛾
作茧自缚去了黑暗的居所
宽恕水边的野鸭
缩起颈脖
宽恕漆黑的棺椁
把灰暗天空一再降低
宽恕送葬的唢呐
加重了寒冷
宽恕鞭炮
试图打听另一个世界的动静
宽恕樟树
此时落下暗红的叶
宽恕乌鸦
穿着黑色燕尾服像一个绅士
宽恕鸟雀
伴着白幡窃窃私语
宽恕稻草人
还在沉默地看管着田野
宽恕棺中人
自此永久沉睡

宽恕抬棺人
因重负而骨头轻轻错动
宽恕那个跟在棺椁后面的男孩
没能忍住眼里哀伤的泪水

2020年12月

第四辑 | 根雕与一只孤独的鹰
（2021—2024年）

走在山中的少年

初秋幕阜山的天空一贫如洗,但
有着梦幻的蔚蓝
山中茱萸的果实像涂满口红的唇
但还藏在成簇的叶片里
那藏着金子的山坡,还在流水的
空响中把黄昏送远
那雁群飞过之后,还有一只孤雁
远远落在队伍后面
那个悲伤的少年走在山中
走到父亲坟前,他
流下了眼泪,为父亲的一生
还不如草木一秋,走到
母亲坟前他又流下眼泪,为母亲的新坟
这么快就被荒草所覆盖

2021年3月

滴水快

有一种鸟叫滴水快
清晨我陪大姐和外甥去地里间花生苗
它在山上的油茶林里叫
在路旁矮灌木里叫
也在高高的枫杨树上叫
声音短暂而急促,充满了焦虑
滴水如何快起来
又不致成为水流
看样子鸟也有自己掌控不了的
节奏,矛和盾也一样
对立统一地存在于这些非人类的生命里
昨天晚上淅淅沥沥地下了半夜春雨
大姐说这种鸟音
只有春天里才能听到
是催促农人
在贵如油的春雨中抢耕抢种
山间小路曲折泥泞
听到大姐的话,走在后面的我和外甥
都不由自主加快了脚步

2021年3月

晚 霞

我喜欢晚霞胜过朝阳
我喜欢晚霞像一匹锦缎铺在天上
我喜欢它绚烂又落寞
和我遥远朴素的乡村生活相守望
它把光线一点点收回
提醒劳作的人还有时间
也提醒那些放学途中玩耍的少年
时间同样显得紧迫急促
落日下沉,炊烟升起
晚霞照着半山寺素净的墙,也
照着村庄灰暗的屋顶
我喜欢晚霞带着暗红的火焰在路上
不疾不徐陪着我,当
天暗下来,父亲的身影
出现在我必经的路上,我喜欢
人间灯火和天堂光芒
这样温暖的续接:一个人也可以像明月
在晚霞消失后的天空缓缓涌出

2021年4月

明亮的事物

阳光照进河流,倒映在水中的枝柯被反复折叠
鱼的位置也被抬高了一些
明亮的事物总会抬高一些东西,你看满天霞光
把早晨的天空越抬越高,那些鱼儿游动在清浅的水底
粼粼的波光已快要把它们抬出水面

2021年5月

荡 漾

蝴蝶在黄昏的光线里翩翩起舞
年轻货郎身上
散发着糖果的香味
铁匠铺像落日一样溅着火星
来自福建的修伞匠
哀叹自己总是碰到好天气
货郎摇着拨浪鼓走远后
放学的儿童闻到甜蜜还在空气中荡漾

2021年5月

在天雕岭看落日

那年在天雕岭看落日
在云端,在两座凸起的山峰之间
太阳迟迟不肯落下

灰暗的云在山顶一层层往上铺
像神睡旧的一床棉絮

和我一起看落日的还有我母亲
大姐和两个外甥
落日的余晖涂上他们的脸,有着
暖金属的温度和色泽

但太阳并没有就此坠落到云层里
而是缓慢穿过云层
并给每一朵云都镶上了一层金边

最后太阳在树杈间往下落
由于它和树枝
天空以及云层形成的奇妙构图
我两个外甥紧张地拽着我
说天堂着火了

习习凉风中,这两个紧拽着我的
小男孩,手心里全是汗水

2021年5月

走在老瓦山途中

走在老瓦山半山腰，我看见
真实和虚构之间
只隔着山间一片飘忽的云团
那么多分叉的小路
沿着山坡蜿蜒而去
它们曲折迂回的美
似乎可冲抵我们对
曲折迂回生活的焦虑和恐惧
从远处山坡上
孤傲绽放的杜鹃花
到在悬崖上从容跳跃的黑山羊
从山里的流水炊烟
到更高处台阶上
挑夫弯下的脊背
似乎生活中的宁静闲适之美从来就是这样
和人生中的劳累奔波之苦相映照

2021年7月

七月二十四日夜和朋友在幕阜山

清水河穿过幕阜山后露出白银的身子
我们坐在黑暗里
想人类在生活中左冲右突
不见得有出头之日
而流水此刻就像一个挖煤人在黑暗里
爬上深井还自己清白
可见顺应自然
要胜过和自然无休止地争斗
距此五公里的上屋方家出过一个县丞
因治理河水不力坐过牢
他说每个人都会和他相遇的某种事物
共命运,不知道我们的命
是停落在树木、花草还是岩石或流水
无眠的人在秋蝉的欢鸣中
看见遥远的天际星云翻涌,——人的
一生是否也是如此变幻无定
漫漫长夜如幽暗时光溶洞,你看见
黑暗高过林梢,而越过林梢的人看见的
是无数的光睡在黑暗的怀里

2021年7月

仙岛湖

其实是一座水库。走在山口高高的堤坝上
可以看见曾经的流水在群山间
仍保留着迂回奔突的形状
那些小木船藏在树荫下招揽生意
我喜欢听那个戴草帽的少年
说他从前的家就在湖底,春天的白花檵木
一直从他家屋后的山脚开到山顶
想着曾经手挽手的山峰大部分葬身水下
只有少数浮出水面成为孤岛
让人感觉即使在黑暗的湖底,生命
也有它难言的悲戚和无常
像我们中间有的人走着走着就消失在人海
有的人走着走着就走成孤零零的一个人

2021年7月

择菜的母亲

安静庭院晾着素净的棉布衣衫
满院的落花
正在给它们染上色彩
母亲在檐下择菜
偶尔也有落花飘落在她身上
本来她要拂掉落花
回厨房做饭去
我看见她伸出去拂拭落花的手
又缩了回来,在檐下继续坐了一会儿

2021年8月

河　床

河床上只有散落的小水塘
河边破败寺庙前的僧侣在阳光下打盹
看不见的细流
在断恶、积善、度众生
离别和返回地如同一个道场
用梯子把我送上高岸的正在撤掉梯子
用沙粒卵石把我按进低处的
正在往河里填埋沙石
芦苇和蒿草逐渐把河床连成一片
彼岸与此岸已不是象征

2021年8月

交　响

森林里有无数件乐器,有流水、洞穴
有通天的闪电、彻地的暗泉
有开放的花、结籽的果
也有飞禽走兽和拔节的苗、生长的根
蛇爬上树干,众鸟停止鸣叫
像一曲单弦被风吹动。流水来到崖边
枯枝从头顶坠落,像一个人
到了命运紧锁的中途,一管洞箫从他
胸腔里伸出。从悲恸大响动
到细微深呼吸,我喜欢森林中这样的
磨合和练习:既不过分压抑
也不恣意放纵,就像
此刻山里一群登上栎木光秃枝头的灰喜鹊
突然带给我花开满树的喜悦

2021年9月

梦中遇见父亲

昨夜梦中,我梦见四十年未见的父亲
穿着一件旧军大衣
出现在一个嘈杂的火车站
隔着十来个人,我怎么也挤不过去
也发不出一点儿声音
只能眼睁睁看着他一个人
渐渐消失在人流中
想起父亲生前说火车的命其实也很苦
只有快速奔跑才能
扛起自己颠沛流离的一生
我独自盘腿坐在黑暗中
只觉得隔着死亡的距离
一列火车正在我体内轰隆隆地开进又开出

2021年9月

立秋日

凉风越过山梁，山中随着天空的
云聚云散晴雨交错
短暂的雨、间歇的阳光
树上的蝉一会儿鸣叫一会儿歇息
我和大姐一会儿扯花生
一会儿到树下躲雨
我们扯完花生，蝉也在鸣叫声中
送走了天边的夕阳
黄昏时，我和大姐把花生挑回家
天空又下起了雨
我们坐在屋檐下讲起那块花生地
白天聒噪不已的蝉
也扇动着沾满水汽的翅飞了过来
当年过六旬的大姐
说那是父亲生前开垦的荒地
她不忍心让它又荒下
只是过两年怕她和丈夫都没有力气耕种
我们都像蝉一样保持着沉默

2021年9月

壁　虎

清早起来散步,在墙边看见一只壁虎①
停在墙壁上一动不动
适度的弧线,安静舒展的造型
像一个别致的装饰品
墙壁的上方有一扇油漆剥落的老木窗
壁虎的出现使老屋的旧
显得恰到好处
并获得古典美学意义上的延伸
在一个垂直的平面上如此自由地停驻
我想亚里士多德对它的惊骇
应该就是对它
不动声色的附着力所感到的恐惧
有一刻,我甚至
想用一根小棍子驱赶它
看它危急时候如何断尾求生,但很快
我就止住了内心残忍的冲动
相对人类仿生学
相对那些以攀岩的方式来挑战
所谓生命极限的人而言
我想壁虎也许是在以其超自然的伟力
警示人类的冒险和虚荣

2021年10月

---

① 亚里士多德曾对壁虎能在垂直光滑的墙面穿梭、停留感到不可思议。

秋日山居

空气中飘浮着难言的苦涩。乌云
压住一个女人此前
曼妙的时光
不再青春了,脸上又长出青春痘
这有点儿像她心中一些
难言的欲望
山中如此宁静幽深是她没想到的
三个半小时的车程
当弯曲的山路逐渐在密林中消隐
她感觉身体越来越轻
如窗外的蝴蝶
朋友说这样的山居适合她的趣味
她的白裙使山里
有狐妖的气息,她想能够做一只
任性的狐狸也是不错的
她甚至幻想
《聊斋》里那些虚幻的邂逅都是真实的
那些干净的书生呆傻
不合时宜,但懂得怜香惜玉
懂得把一座山变成有韵律的文字
这将多么有趣
她沉浸在这初秋的山水里
但一片乌云使她还未开始的旅程

充满了悲观
其实她可以期待这片乌云
能擦净天空,带来雨水和明天的
风烟俱净,可她
只看见窗外一树凋败的紫楸
在山雨欲来的风中不断翻卷起伏
像吹散不尽的凡尘往事

2021年10月

一片被虫咬的落叶

一片落叶
被虫咬得只剩下薄如蝉翼的经络
但仍保持着心的形状
在阳光下晶莹剔透如一件艺术品
幕阜山秋天干旱少雨
植物一直受各种飞蛾蠓虫的蛀蚀
这片落叶因遭受虫噬
而显出奇特的美
使我想起梭罗在瓦尔登湖畔的树林中
讲述生活里庸常的事物
如何在痛苦的蜕变中创造自我
但无论我们如何
强化艺术作品的瑕疵是
不可忽略的细枝末节，这样一片落叶
仍不免让我心生悲戚

2021年10月

樵　夫

一个人挑着一担松针
在夕阳下像两团燃烧着的火焰
有人过来向他打听
山中小路是否已被荒草所覆盖
有人将炉子提到屋外
像要借他的松针给蜂窝煤引火
也有人向他打听水库边
无人修葺的坟墓是否年年在长高
我从他的松针旁经过时
他正在向人打听我父亲的下落
说要用这些松针向他归还一笔旧债
此时黄昏正在来临
道路开始在晚雾中浮上地面
我正要告诉他，我父亲
离开人世已经三十年有余
他却忽地消失不见，只剩下松针
如一床金色毛毯铺在地上

2022年2月

纸 鸢

我喜欢纸鸢在蓝天上，一根细线
从遥远的记忆里牵出
我喜欢它为摆脱那一根细线
在风中挣扎的姿态竟显得如此轻快而自由

2022年3月

早 春

早春在老瓦山山冈上一点点醒过来
像一个正在发育的少女
风一鼓动,青春的身子就在她的绿衫中颤动不已

2022年3月

望 雨

雨下个不停
离开故乡四十年后
我又成了那个坐在老家门前
望雨的少年
四十年
一些人在山里成为枯骨
一些生命在山里诞生
但眼前的老瓦山似乎矮了些
变得像我一样臃肿
近午雨急
路上一个背着书包奔跑的少年
也来到这里躲雨
他抹了抹脸
问我从哪里来，到哪里去
我竟不知如何回答
仿佛突然遇到四十年前的我
问起今天的自己

2022年4月

刮春泥的女孩

下雨了,女孩坐在门前刮布鞋底上的泥土
雨中开满了新年的桃花
其实李花也开了,油菜
也披上金黄明亮的衣裳
但女孩只顾用瓦片轻轻地刮着鞋底上的泥土
女孩刮下的泥土里,有草屑
落叶,也有花瓣,我看见女孩刮着刮着脸颊
突然变得绯红,扑哧一下笑出声来

2022年4月

蚯　蚓

早晨路上蠕动着一条蚯蚓
它肯定是从昨夜黑暗泥土里爬出来的
它不知道泥土内外的黑暗
是两种不同的黑暗
以为从此可摆脱覆盖在身上的泥土
获得更大的自由，但随着
阳光穿过云层，气温慢慢升高
蚯蚓蠕动变得越来越迟缓
身体越来越干瘦，最后
就像一根被遗弃的橡皮筋躺在地上
一动不动。蚯蚓可能至死
都不知道，它所感受到的光明
其实是它一生遭遇到的
最大黑暗，泥土是它的避难所
更是它生命不能突破的局限，命运从来
就不曾为它提供过两全的选择

2022年5月

蜉 蝣

蜉蝣随水而栖，小而透明的身体
有时停在一截小小草屑上
有时停在水边长满青苔的石头上
当它们在晨光中振翅而飞
就不再进食，也不再收拢起翅膀
直至夕阳沉落、生命消亡
蜉蝣的生命短到不知一天为何物
世人多以蜉蝣生于天地间
来表达对人生短暂和无常的感慨
但只有少数人知道，蜉蝣
超出人类的价值在于：它们短暂的一生
避开了生命中的黑暗部分

2022年5月

在钟表厂

我从来没有在同一时间看到过
如此多的钟表
运动的，或静止的
从古老的香炷、沙漏，到
各式各样的机械钟表
我从来没见过时间
被赋予如此多的形式
如果废去它的动力
时间会不会因此而突然停下来
——宁静的钟表厂
在它诡异的双重属性中
把时间一分再分
让人如置身错乱的时空
有谁能告诉我，在这些
钟表的背面，是什么力量在把时间
缓慢或急促地向前推动

2022年5月

琥　珀

两只蝉被封在透明的松脂中
栩栩如生
没有一丁点儿挣扎的痕迹
去除了芜杂
高仿真的琥珀透明得没有任何瑕疵
蝉反倒像虚假的仿物
人们并不喜欢过于透明的东西
他们之所以喜欢琥珀
我想是喜欢松脂对蝉音的消灭
以及对它透明地囚禁
蝉一天天知了知了地聒噪
它是否真的能揭开某些事情的真相
对制作琥珀的人来说
并不重要，重要的是
蝉终于闭上嘴，并欣然表现出
对命运摆布的顺从和领受

2022年5月

槐花少年

槐花从道路两旁悬挂下来
在一个内心充满了欢喜的少年看来
到处是画框。你站在右侧
让一枝槐花遮住半边脸，他笑着说
一个少女的羞涩就是一枝
半放的槐花。他偶尔会让
一根枯枝进入镜头，就好像他知道
完美的后面总是不完美的
东西把它送到完美的中心
槐花那么白，是枯枝使少女经此抵达
美的真实，并超越它虚无的部分

2022年5月

半　生

半生是一个不断改变的时间
半生蹉跎啊,用什么可剪下这一段
寂灭的时光,悔恨还是不屈
半墙书,上面落满灰尘,一个人
在黑暗中想起半生之苦,有
什么文字可以借来描述他的后半生
诗穷而后工,难道诗歌也是
一个人的宿命?穿着草鞋打着绑腿
庄子说这不是贫穷,是潦倒
是胸中志向在乱世得不到伸展
这个跨度过大的转折也因此
把我们的一生劈成两半?若真如此
那无情的刀斧又藏在命运的
哪个角落?一个人思想的臃肿是否
会因此显出肉身的瘦骨嶙峋
杜子美夔州之后,李清照南渡之前
当后人总结他们的一生,我
不相信每个人都有如此泾渭分明的
一生,都说每个人有每个人的时代
但在这波澜不兴的人世
我只要这一日,只借这一日在无穷的
日复一日中穷尽自己的前世和今生

2022年6月

一株盆栽的三角梅

一株盆栽的三角梅
冬天来到时,叶子一夜间凋落殆尽
它的干布满丑陋的疙瘩
很难想象半月前它还顶着满树的花
这是我搬家买的植物中
唯一一株和我熬过三年的苗木
第一年冬天花叶落尽后
我以为它已经开始枯死
就将它随手放置在墙角
等待来年彻底死去之后再清理瓦盆
栽上其他植物,没想到
次年开春它又活了过来
披一身小绿芽怯生生地倚在墙角,并在
清明开出比以前更明艳的花朵

2022年6月

开满荷花的湖面

荷花终于开满了半个湖面
在第五天早上,终于开满了整个湖面
和苇草、鸟雀为伴
苇草并非我想象的腹中空空
荷花也不全是出淤泥不染
早上走在湖边,一只苇莺在湖面徘徊
我看见它的悲哀和我一样
在不停奔波中找不到昨日停驻的地方
我们都羡慕那些低飞的蜻蜓
毫不费力就停在它想停的荷尖上
不像我出走半生,最终还是回到这里
苇莺从这个荷尖到那个荷尖
最后还是在湖边的苇尖上停下来
湖边有我小时生活过的老家
湖边苇丛有苇莺衔草编织成的巢穴
在生命各自经历的新居和旧寓里,我们
都选择了好好慕恋自己的故乡

2022年6月

紫　藤

几根细小的茎，嫩嫩地倚靠在树上
你开始以为它是柔弱的
那样缠绵环绕，几可比拟人间爱情
但过一段时间，你就会
看见它越缠越紧，绳索一样紧勒在
它所攀附树木的躯干上
它也开花，一串串，如
一条紫色的瀑布从树梢上悬挂下来
但少有人看见它所攀附
树木上的勒痕，一道道
像被粗壮的铁条所捆缚
紫藤花开年复一年，它对树的缠绕
也慢慢地从树身到枝丫
当我们再也看不到树木
重现它曾有的冠盖婆娑，这是不是
对生命相互依存的反动
像糖衣紧裹着的毒，像
极度自我的爱对爱的窒息，和扼杀

2022年6月

废旧的铁轨

废旧的铁轨卧在丛林,如废旧的时间
你说此时的铁轨
像一条大蟒蜕下它的皮
不知列车带着它新生的疼去了哪里
会不会像一个人的青春
在某个不为人知的夜晚脱轨而去
阳光从树杈间漏下
草丛中偶尔跳跃或行走着鸟兽
想起那时我们数车厢
看火车冒着白烟轰隆隆向深山挺进
看火车过后铁轨闪着银白的光
不知人世有多少生命能像鸟兽一样
作鸟兽散又去而复返
有多少人散落在大山深处,梦见
一列绿皮火车穿行在
废旧的铁轨上,害怕我们厌倦了的生活
在火车哐当哐当的聒噪中重又回来

2022年7月

院子里的衣服

院子里晾上了衣服
一家人的衣服，棉麻的或化纤的
可从衣服滴水的速度看出
化纤的簌簌往下流
棉麻的则缓缓地一滴一滴往下滴
从衣服的成色来看
这家有个懂得生活的女主人
懂得生活的舒适度
也懂得生活的情趣
晾衣绳上依次是男人的白衬衫
洗得发白的牛仔裤
小孩的圆领红汗衫
然后是一条洁白的连衣裙
只有小孩藏青色西装短裤是化纤的
从衣服大小看
小孩不瘦，男人稍微有点儿发福
女人还保持着苗条身材

2022年7月

糖　精

一种甜味剂。小小晶体
像供销社柜台里难得一见的细盐
几粒就可使一桶水变甜
我偷吃过，用手沾一粒放在舌尖
满嘴的甜蜜在口中蔓延
如果让手指沾满糖精再放到嘴里
就有一种说不出的苦立即充满口腔
那种所谓甜到极致的苦
要经过长时间才缓慢散发出甜
就像那些年我们的生活

2022年7月

山坡上的三兄弟

父亲走了,他们三兄弟又聚在一起
三座坟茔一字排开
就像他们生前在李家湾并排而居
通往墓地有一条弯曲的小路
但已不再向后延伸
似乎人生从此可以得到永远安息
作为泥瓦匠的大伯
再不用担心自己提着的砖刀
在生活中到处卷刃
八叔也不必一个人在林场贩卖脚力
我父亲也不需要
拖着久病的身躯为儿女勤耕苦作
但在无数深夜睡眠中
我常常梦见他们仍旧
奔波在崎岖山路上,即使路过这座山坡
也不曾停下他们疾驰的脚步

2022年7月

天兴洲

天兴洲是长江里的一座狭长小岛
上面有花草树木和各种禽鸟
我大学时坐轮渡上去过
那时江水宽阔,天兴洲以瘦弱身躯
分开江流,我们都对它
以一己之力砥柱中流充满敬畏,又
满怀同情,如今它露出
被江水浸泡过的身子,干瘦、嶙峋
像时光深处生命的褶皱
因此我坚信它一定比江水更早出现
在这里,坚信在江底
一定有一条路连着江边的谌家矶
坚信那时的天兴洲并不孤单
也从不曾想要阻挡浩荡的江水,它只不过
是因坚守自我而被流水所围困

2022年9月

拯 救

　一只幼獐慌乱中逃到一座废弃的小木屋
猎户至此放弃了对幼獐的追逐
幼獐至此度过了劫,而猎户因此拯救了自己

2022年9月

落日和星辰

那年深秋的一个下午
挖完红薯我和母亲坐在山坡歇息
夕阳正悬在前方的山坳上空
我们看松针青、枫叶红
看长空中的鹰伸展着金色的翅膀
池水泛着深邃的波光
我们看见背阴处的野豌豆苗
开出嫩红的花,看到落日消失后
柿子继续把时光延长
母亲说没想到落日这么好看
吃完晚饭,母亲为
待嫁多年的姐姐赶制过冬的衣服
在我印象中,母亲
第一次没有使用她自织的土青布
而是选用从镇上买回的
浅蓝底套白色碎花的混纺布
那天晚上山里起了秋雾
当母亲和姐姐在蒙蒙夜色中牵开布匹
我仿佛看见满天的繁星
又悄悄从天上潜回了人间

2022年10月

落 叶

山里每天都有无穷的树叶在坠落
也有无数的枝柯在向上生长
但没有一根枝柯
伸手挽留从它们身上飘落的树叶
这些缤纷的落叶
没有两片是相同的,但它们
就这样被湮没在一个集合复数中
先是被层叠、积压
然后是水浸日曝,被践踏成
腐物、碎屑,一部分
泯然于泥土,一部分在燥热秋阳中,如浮尘

2022年10月

打板栗的老八

上屋李家后面有一棵高大的板栗树
长梯只能搭到它半腰
那年老八爬完梯子又爬了半截树干
才坐到粗壮的树杈中间
其时天气已入秋但夏迟迟不肯离去
溽热的幕阜山密不透风
老八用手抹了抹脸上汗水,就开始
用竹竿抽打枝丫上的板栗
剁脑壳的,怎么老是追着我头顶打
那年老八的婆娘还年轻
正戴着一双厚厚的手套在树下捡拾
老八用竹竿打落的板栗
偶尔有长满尖刺的板栗落在她背上
她也不喊疼。老八抽烟的时候
她就走到板栗树荫外拔掉手套上的刺
那年老八已四十二岁整
还没被水库工地的开山炮炸掉双手
他从树上下来帮婆娘收板栗
也用结实的手帮婆娘清除背上尖刺
路过的人说,这细刺多难拔
老八挥了挥手说,没有拔不完的刺
除生活里的。——我记得那一年日子很漫长
年底再见到老八时,他身体两侧
只有两只空空的袖管在晃动

2022年10月

两河交汇处的村庄

细流交汇的地方,河流和支流就像
一棵树和它的枝丫,如果
再缩小它们的比例,也像人身上的
众多毛细血管。多年来
我们住在其中两河交汇处
我们种水稻、玉米,也种花生、红薯
和甘蔗,我们引河水灌溉
也取河水沐浴。有那么多诗文
写到它的宁静、闲适、淳朴和自由
摊开其实都是艰辛遍布的生活
就像那年夏天,洪水泛滥
我看见一艘运煤的木船被江浪掀翻
浑浊的江水缓缓冒出一团污黑
像一个人淤在胸中的淤血缓缓散出
而洪水过后是漫长的干旱
河水日渐见底,河流两岸禾木尽枯
我的亲人只好背着包袱
前往江北的沔阳、洪湖一带讨生活
两河交汇处的村庄,就像
一个拥堵在我们静脉里的血栓
让我们的身心至今隐隐作痛

2022年11月

雁群飞过

大雁出现在瓦棚镇上空的时候
上街铁匠铺里的老铁匠夫妻依旧在打铁
池塘里起鱼的男人仍然在收网
作坊里的女人们还在烘烤月饼和炸麻花
只有学堂里留守儿童望着窗外
停下读书声,只有那个年轻女教师走到
窗前,然后又一个人缓缓背过身去

2022年11月

黄昏读书

一个人从故纸里来到我们中间
在黄昏加重了旧的痕迹，他带着故事
但光环是落日加给他的，我们
完善他故事里的空白部分，同情他的
贫寒身世、苦难童年以及落魄
发奋的中年，承认那个虚构女子是他的
红颜知己，承认他的世俗和我们一样
承认他的高洁让我们望尘莫及
我们像文物修复师，把他模糊的形象
清晰还原出来，临水揽镜，又
把他描绘成我们渴望见到的样子，至此
我相信，很多时候我们读书不是试图
理解他人，而是为塑造自己
无论用多少文字对自己进行拷问
我们都无法将他出卖，他在那里
是我们心里的朝阳，但此刻要像落日一样承担
人世悲凉薄暮中虚幻、温暖的部分

2022年11月

庚子年春夜在半山寺

夜空深邃辽远
但生命不一定来自虚无
门前黄柚从高处脱落
成腐物、成泥
回到土里又将催生下一年的花和果
白眉僧人把袈裟晾在山门外
悼亡的人跪在菩萨前
点起松油灯
生生灭灭中，我们这一具肉身
和世间万物何其相似
就像寺外的那棵蜡梅
一年又一年
每一朵晶莹的、含泪开放的蜡梅
都是为纪念凋谢的另一朵

2022年11月

枯草赋

荒地上有一蓬随风飘动的枯草
并非所有的草都能死而复生,我不明白
它为什么还要倔强地开启它
不知所终的命运,在这个寒凉的冬日下午
我是不是也有这样一颗枯萎之心:
一生孤寂的长旅倒在无所依恃的灵魂血泊中
听不到故乡渺远的歌唱,我心伤悲

2022年12月

大　年

他望了望墙上的钟
时针指向八点，窗外下着小雨
狗正蹲在墙根望外面田野
妈妈，爸爸什么时候到家？他
还是一个少年，此刻
正打算套上外套去沙堆镇
买父亲喜欢的苦荞酒。再带条烟
回来，临出门母亲又向他
吩咐道。这是一年中的最后一天
以前总是爱数落自己男人
抽烟喝酒的女人在厨房忙碌着
少年撑着油纸伞刚出大门
狗就摇着尾巴欢快地跟了过去，雨不大
田野好像铺上了一层浅浅的新绿

2022年12月

雪　花

和我们一样，雪也是受难者
它被迫成为雪花
粉刷人间
但它受到追捧并不是因为轻浮
它的细小身体里
其实也有一颗沉重的晶石
我们很久没有走在干净的大地上
无足轻重的雪花以其冷
使我们免于总在灰暗中度过相同的时日

$\qquad\qquad\qquad\qquad\qquad$ 2022年12月

祈 禳

柏木打成的高高的谷桶
孤独的樟木斗柜
盛着供果的朱红色托盘
我母亲在堂屋的神龛前上香跪拜
粮食、孤独和信仰飘着
各自的香

> 2023年1月

草尖上的露珠

秋收过后的老瓦山没有下过一滴雨
清晨稻茬间的小草的草尖上
仍起了薄薄的露水
这是我在人世见过的最小露珠
很庆幸上天把它给了这些弱小而卑微的生命

2023年2月

洞　穴

一座洞穴幽暗狭长，它被开发的部分
修建了栈道，装饰了照明
灯光使洞穴变得更加深邃，也使
黑暗有了具体可感的形状
空阔部分如大型室内广场，狭窄部分
如密室的暗道。走在其中
头顶上的钟乳石让人觉得不仅是物体
更是能量的聚合物。这也
是我第一次看见倒着生长的事物
没有阳光、雨露，像是空塑造了它们
走着走着，突然听见脚底
有沉闷湍急的水流在奔涌
声音并不和洞穴平行，而是横贯而去
我惊异地停了下来，想起
人生的艰难和不易
感觉这看不见的流水就是
那些一直在和我交互激励前行的事物
在另一个空间给予我们的
慰藉：无论多深的黑暗里，总有不屈的生命
在和我们同行

2023年2月

奔　赴

我这样不停歇地奔赴你
集雨水天露，你知道我有多卑微

我不是谁的涓涓细流
我只是山间众多盲目奔波的细流中
最细小的那一支

从潮湿的苔藓穿过石头的缝隙
再穿过树林层积的落叶
我往往也是你无意践踏的那摊水

我好喜欢我经过的地方开满
野花，它们自开自落，孤芳自赏
从来不用看世俗的脸

我希望我也有一座自己的深潭
在我坠落后接纳我的沉沦
接纳我的好心情，也接纳我的

坏脾气。想到有一天我会以
消失自我为代价成为大河的一部分
我的流淌就变成终日以泪洗面

但我永远不会让你看到我
泪流满面的样子，我的悲伤永远
藏在我的欢快和清亮后面

             2023年3月

植物园之歌

一

植物园浓缩了世界，一个博物学家
用知识统摄了它们，我喜欢
所有对植物的命名，但它们没有俗称
这不免让人怀疑知识的趣味性
他们把域外的植物统一称为外来物种
就生育而言，所有植物都是
这世界的原住民，因此我接受植物园
并把它当成人类教养的一部分

二

我喜欢植物园粗犷的部分要超过
它精细的部分，就像我喜欢它媚俗的部分
要超过它媚雅的部分，我喜欢它
把每个季节最艳丽的花朵堆在植物园门口
吸引游客，我也喜欢它两边墙上
张贴的过于严肃的欢迎标语，与
所有喧闹场面一样，我喜欢植物园和情色
相互暧昧，欢迎人类世俗生活的捧场

三

格物致知的人戴着眼镜又拿着放大镜
他对稀有植物的关注远远超过

对普通植物的关注,这是偏见形成的开始
树木表皮永远呈现不了其内部肌理
而一朵花的表面也是它的内部,知识的
条分缕析也解释不了一个人看见
一株老去的蜡梅会感到腹部一阵痉挛

四
植物园最显眼的地方,是一座超乎
想象的硕大温室。太奢华了!一些植物
居然能享有如此高大的穹顶。它和
周围的存在不禁让人想起城市的贫民窟
和富人区。里面是来自远方的
热带植物,即使严冬仍温暖如春,因此
它们也享有超越其他植物的待遇
但如果其他植物能开口,它们会不会劝
这些热带植物重新返回它的故乡

五
那里面长着来自墨西哥的仙人掌
也长着一棵高大的见血封喉树,仙人掌的
尖刺上还长有更细的倒刺。凡
长刺的东西都有一头扎在自己身上
一位游客的话让我一惊,让
我想起鱼把所有的刺都扎在自己身体里
那自由的游动是多么疼。但一棵
见血封喉树算什么,为什么有些人会
趋之若鹜,一些人又唯恐避之不及

六

一处水边有一树琼花正在盛开
素净中带着淡绿，那么多人争相和它合影
并且高谈在它身上纠缠不清的历史
但有多少人看见过一树花毁灭一个朝代
可见怀璧其罪的也有植物，一树琼花
何罪之有，那"隔江犹唱后庭花"的女子
何其无辜，多少年的大隋、多少年的扬州
它的阴影还要多少年才会在大地上消失

七

一片梅林已经是绿树成荫、子满枝
作为象征高洁的植物，已不复冬日的遒劲
疏朗，想起它们凌寒绽放点亮着
整座灰暗的植物园，没想到只短短三个月
就已泯然于众，可见时光之残忍
它们也结梅子，那种酸涩，我怀疑是它们
情绪的一种，从前有多荣耀，如今
就有多寂寞，就像孤傲的代价和孤傲本身

八

在阳光最好的地带，铁栅栏和铁丝网
围起的罂粟已经开出了殷红的花
有的还结出圆形青果，铁栅栏
周围是一圈虞美人，相同的花不同的果
同一科属植物知识至此出现分野
虞美人可以养在家，罂粟却不许

私人种植,作为昔日庭院的观赏花卉
罂粟不是鸦片,鸦片不是海洛因
是谁熬制和提炼它并绑架着人类的精神
使我们的客居和乡愁充斥着屈辱

九

但并不是所有花草在植物园都是
被刻意栽种的,在一片土质疏松的坡地
我认识了很多从没有见过的花草
我认识了补血草、冬青蕨、萱草
也认识了假蒿、花叶佩兰、石斛和朝雾
而更多的普通花草,如蒲公英、紫苏
鱼腥草、藿香,它们生于杂草中
就像我乡下的那些穷亲戚。有人把韭兰
当韭菜,萱草花当黄花,但我不会
我清楚它们花形的精美要远胜过
这些相似之物,唯有色泽如白霜的朝雾
它充满伤感而又诗意的名字,让我
看到自己知识和经验的双重局限

十

植物园也有各种果树,有桃和李
有杨梅、苹果、枇杷、柚子,也有水果柿
柑橘、野板栗和石榴,也许植物园
注重的是研究价值,除杨梅、板栗
和枇杷外,其他果实的口感都普通
人生的辛、酸、涩、苦,都可找到对应物

园中师傅说，有的果树是用来赏花的
像桃和李。——至此，我彻底相信
植物园中桃花的艳丽和李花的雅洁是乡村
山野的桃李不能比的，只是它们的
果实小而酸涩，就好像一个人因浪掷青春
不得不面对自己凄凉无用的晚景

十一

植物园也有众多普通植物，这是让人
最感亲切的地方，无论来自南方
还是北方，都可以看到和故乡相同的树木
高大的落叶松、香樟，婆娑的栎树
女贞和苦楝，它们往往生于矮灌杂木之中
命贱，但顽强而茁壮，走在林中
任意一条分岔的小路上，任意一根细细的
松针都可将我砸疼，似乎每一条小路
都能通往我记忆中深山里的故乡

十二

我还在园中看见小时候常见的酸芦管
小时候，打猪草那布满血丝的秆是我吃过的
最酸的植物，看上去就让人口舌生津
我们用它解劳作之渴，也将它揉碎，敷在
受伤的手上或脚上，用来解虫咬之毒
植物园里会有如此卑微的植物，这是
我没想到的，它让我想起被菜花蛇咬的
那年夏天，父亲将清嫩的酸芦管嚼碎

敷在我脚上红肿处，清凉中肿疼瞬间消失
但我不明白，它的学名为什么叫虎杖

十三
更让人感到意外的是园中枸骨。叶片
布满了尖刺的枸骨，几近百无一用的枸骨
因此我看到植物园里的枸骨要高过
我记忆中任何一棵，我小时候用它的尖刺
挑过膝盖上的疮，剔过指甲缝里的泥
也有地方把它叫作鸟不宿，作为一株树
连鸟雀都没有停过，不知道这是
它的幸运还是悲哀，我也记得偶尔吃过
它的果实，但记忆最深的是父亲
用枸骨条煎水治疗他的腰痛，去皮枸骨
在水中浮着，真的像一根根骨头

十四
在两条攀满藤蔓的拱廊散步是另一种趣味
一条是紫藤的走廊，一条是葡萄藤的
走廊，像春天连着夏天。生活中充满攀附
只因那些钢架是冷冰的，上面的葡萄
也显得零散、稀落。而紫藤是另一种伦理
它们把自己的藤条搭在粗壮水泥架上
和纠缠山里的高大树木不一样，它们的
每一条藤都争相往上爬，当没有东西可供
攀附的时候，它们就相互纠缠在一起
努力往高处生长，并开出各自明亮的花枝

十五

很多人喜欢植物园水池里的池杉以及
立在其间的石墩,池杉高而直,扩张池水
也拉升着天空,石墩因其间隔和距离
少年在其中的跳跃倒映在水里,会使水面
幽清的画面突然如波浪一样抖动起来
我们会看到少年和树都可在水中折叠弯曲
看到时空也有它真实而虚幻的双面

十六

在这座到处都可见到紫薇的城市
植物园一条水边,五棵树皮全部剥落的
百年紫薇还是让人暗暗生畏
冬天的时候,我以为这几棵树已经死去
尽管我知道紫薇的树皮是剥落的
但它们实在太老了,看不出生命的迹象
一位中年妇女看着它们,她脸上的
表情看上去和我一样疑惑。比起我们
在人世的修行,五棵紫薇的沉着
似乎和生活构成一个向死而生的隐喻

十七

很长时间我不能接受植物园也种植
荷花和水草。刻意的拱桥、防腐的栈道
田田荷叶和亭亭荷花,人工痕迹
不能终结自然之美,却消解了自然之趣
我希望在这里看见荷箭钻出水面

看见污泥浸润出的麻点像少女脸上的
雀斑，率性自然，有天然的美感
看见它们像水边的水草放肆生长，看见
水草的野蛮和荷花的文静相映成趣

十八

母亲生前跟我去过一次植物园
和很多人不同，她只寻找和故乡相同的
花草，她不明白植物园为什么要栽
成片的映山红，但又为有它们而兴奋
她边走边指认着麦冬和车前子，她认出
紫楸和野豌豆，她甚至看到了大芙叶
和猪婆藤。饥荒的年代．这里起码可以
养活一个村子的人和牲畜，她跟我
说，城里最值得看的只有归元寺的
菩萨和磨山旁边的这座植物园，就像她
经常念叨着的一个人的来世和今生

十九

植物园也有动物和鸟雀。我看见过喜鹊
在松树上跳跃，看见过松鼠滴溜转着
清亮的眼睛和一个小孩对视，也听见过
灰椋在树丫间鸣叫。很多人记忆中
植物园里似乎没有多少动物，可见命名
对一些人的记忆的诱导和影响，其实
植物和动物、鸟雀都是共生的，植物园
也是如此，它们之间没有欺侮、倾轧

和杀戮，斑鸠可悠闲地在路上踱着方步
蜥蜴可在草丛自由穿行，看到它们
就能消解生活中的种种紧张、不安和焦虑

二十
因此，植物园不仅是人修行的道场
也是这座城市的巨大肺叶，清洁着我们从
肉身到灵魂的污浊。每隔一段时间
我都要到植物园走走，有时候顺时针走
有时候逆时针走，更多时候是随心
但结束时候，我都会去看温室里的菩提树
和无忧树。在我印象中，菩提树
既没有开过花，也没有结过果，无忧树也
从来不曾开出过传说中火焰一样的
花朵。每次只要看到安静的它们
我都怀疑自己是即将离开，还是刚刚到来
——似乎我从没来过这里，又好像
我和它从不曾有片刻分离

2023年2月

根雕与一只孤独的鹰

案几上摆着一棵老树桩
一只孤鹰正从树桩上面呼之欲出
枯干的树桩,由于生前被深埋
它上面伸出的部分,有飞翔的欲望
雕刻者正在帮它实现
生前的梦想,但一只鹰如何从
一截枯死的木头中复生
雕刻者又如何平衡它的羽毛之轻和
生命之重,我看见最锋利的刀
和最凌厉的切割,树桩
在千刀万剐后逐渐显出了鹰的形状
最轻盈部分遭受了最重的砍削
也经过最长时间的雕琢
似乎自由之翅,必须经历生命的大痛苦
才能剔除自身的辎重脱胎而生

2023年3月

春日迟

下课铃声响过，年轻女教师
还在拖堂，这迟迟的春困让人发愁
语文在生活中。有学生开始
心不在焉望向窗外，窗外桃花正艳
有一枝已斜伸到窗户上
余楚婷的魂魄也飘到窗外了，她
侧脸的样子真好看。我看到
她颈脖颀长而白皙，耳廓是透明的
世界有五大洲四大洋，女教师
还在继续。五大洲四大洋是不是都
在春天里，有人伸长脖子
问老师大洋国在哪里。老师露出
疑惑的表情，教室里哄堂大笑
那是黄小虎编的故事里的国家
窗户外趴满小孩，女老师想到
该下课了。那些小孩都是等教室里
同村的男孩和女孩的。春恹恹
年轻女教师扶了扶眼镜，宣布
下课，教室里嗡嗡嗡一阵子，突然
全空了，像蜜蜂的消失
女老师望向窗外，花开得明亮
阳光有一点儿刺眼，她男朋友捧着
两个饭盒正在阳光下朝她微笑

2023年4月

春又回

柳条如一件鼓满风的宽袍
悬挂在大青山水边
庭院中老父亲仍在准备粗茶淡饭
老米酒仍立在临窗矮柜
燕子重返去年旧巢
仍是甜蜜、恩爱的一对
老母亲仍在父亲一侧生炉煎药
听到燕子轻轻呢喃
他们仍把燕子当成自己的儿女
今年的春真是浓稠
月季都如胭脂玫瑰一般殷红
像那些年流行的天鹅绒
他们忙完手头事情
又开始整理庭院的花草树木
当他们站在梨树下
两束如雪的白发如早前梨花避过时光的
围剿,在庭院中又一次开放

2023年4月

开满野花的山坡

开满野花的山坡
一群蜜蜂号称它们采过
这里所有的花朵,另一面山坡上的
野花也是它们采的,但
谁信呢?难道蝴蝶在这里只是走秀
我赌这是一个干净的上午
蜂蝶来过,蚂蚁、七星瓢虫也来过
如果蜜蜂要独揽所有的甜蜜
我就坐上从树杈间伸出的一缕阳光
去天堂打一罐蜜寄回我的故乡

2023年5月

草 芥

那么多草,包括艾叶、红蓼
蒲公英、灰头和地米菜,都在雨水中闪闪发亮
母亲为了在上面种瓜果蔬菜
正用锄头把它们翻挖并重新埋入泥土
为了生存而毁去其他生命
这是人类的原罪,所以,菜地旁的几座坟上
我们看到坟顶最先长出的是草
似乎在另一个世界,人都在以这种方式赎回
他们在人世劳苦、卑贱而充满罪业的一生

2023年5月

鲜花与牛粪

绿有层次地向远方铺陈
狼毒花点缀其中,像毛毯上的暗花
浑身长满毒素的狼毒花
开得美艳而无辜
像造物对孤寂的补偿
只有在这里,你才能看到人世间有
多少鲜花和牛粪相伴生
花草的沁香并不比
一块牛粪的臭更加新鲜
一个诗人也不后悔在这里写下人生的
第一首失败的沮丧之诗

2023年6月

镜　像

一面镜子失手掉落地上
砰的一声，灯光也似乎晃动了一下
弯腰收拾满地的碎片
地上竟然出现无数个我
大我、小我，正面的我、侧面的我
几乎每一块碎片里都有
从没有同时看到这么多自己
有一刹那我甚至分不清
哪一个才是真正的自我
想起无数艰难时刻我们分身乏术
是不是因我们在生活中
从来没有多角度审视过自己
我想背后的碎片也在映现背面的我
但要通过多少不同折射
我们才能和这世界互为镜像
才能看清楚背后的自己
如果我把这些碎片重新拼接
在一起，镜中会不会重现一个完整的我
那些裂痕不再将我切割和分离

2023年6月

大道和歧途

大道的宽阔端直，是以很多曲折小径的
消失为代价的，歧路的趣味在于
选择，在已知和未知之间，它的复杂性
连接着我们的生活。——"林场
是老瓦山心脏，不止大道，每一条小路
都可以通往那里"，如今，通往
林场的路由大道变为小路，空寂无人中
我仍能听见有脚步在走动，可见
有些东西是永远不会消失的，——只是
并非所有小路都能通往它的中心
为了尽快找到父亲曾经工作过的地方
我抄小路上山，路走到断头
也没有见到林场，只见到一座残破小庙
在山崖边临风而立。山崖下面是
江西，山崖上有一条小路，崎岖、陡峭
黑山羊走在上面如履平地。都说
所有道路都是人走出来的，其实山里有
人走出来的路，也有麂子走出来的路
黑山羊走出来的路。你站在山崖上看到
一条旅游公路在群山中一骑绝尘
而父亲曾独守的小木屋却渺无踪迹，你
说哪里是大道，哪里又是小径？——想想生命的
虚妄无常，世间道路又有多少不是歧途

2023年6月

在美仁大草原

只有这样恣肆的青绿

才能装下草原的辽阔和一只藏羚羊的孤独

只有这样细碎的野花

才能缀补草原千疮百孔的历史

只有这样的细流

才能抚慰我们在尘世难以察觉的命运的缝隙

艰辛而劳碌的奔波和穿梭

2023年6月

七里冲的早晨

清晨的路边分别种有红薯、芝麻和蕉藕
朝阳将它们分出了层次,并使它们
有着沐浴光辉的模样。想起五十多年前
在从七里冲去麦市的路上
红薯埋头在沙土里生长,它的藤蔓开着
牵牛花一样的花朵,芝麻
被潮湿的河雾封住了香气仍然节节开花
蕉藕的花开败了,只有阔叶如蒲扇
父亲背着我去麦市找一位接骨郎中
那时我的手摔断了,父亲
让我通过辨识路边作物减缓刺骨的疼痛
半个多世纪过去了,这里仍然
种着和以前一样的作物,不同的是
这里的路变平整了,父亲早已不在人世
而有些东西仍在我身体里不断生长

2023年7月

旧时山路

新建的高速公路旁有一条小路
快要被草木所掩盖
像新路的一个丑陋陪衬
一条新路偏离旧统
在这个高速奔跑的时代取了捷径
这似乎让人欢欣鼓舞
但我还是愿意走在旧时山路上
看自己一步一个脚印翻越生活中的崇山峻岭

2023年7月

土砖颂

一块砖的前身
是老瓦山屋前稻田里的泥土
以前它供养着
生长在它身上的作物
现在要献身于在上面的劳作者
离开黝黑的稻田
被碾压、印制、赋形
它要开始承担
它之前从不敢去想象的东西
它将用来建瓦舍牛栏
为劳作的生命
挡住风雨,也将用来
建最小的庙,安苦命人的心
一块砖将和众多砖
成为墙或地面
这是它不能避开的宿命
因此多数时候
我们看到的是一块砖并不能
左右自己的命运
但仍在护佑着
自己认定的生命
而在另一些时候
我们也看到一堆堆曾扶不上墙的
烂泥正在成为墙本身

2023年7月

在黄河入海口

那年在黄河入海口
越来越宽阔的河面连着茫茫大海
盐碱地如细雪、如白霜
我看见众多鸟宿在刺槐的枝干上
和我一样望着河水
将残阳从波浪上一点点收回
这些见过大风大浪的鸟镇定从容地
停在上面,就像刺槐的一部分
风不动,它们不动
风动,它们就随着树枝摇晃而摇晃
因是深冬季节,我没有
看见蓑衣鹤和灰雁
更多的是山鹛及一些不知名的留鸟
当夕阳最后的余晖从河面消隐
它们才突然振翅而起
在天边久久翔集后向着它们
在苇丛或矮灌木丛的家飞去
相对宽阔的河面和一个时代的波澜壮阔
这群鸟因其行动整齐划一
显示出的隐忍而自律的集体主义精神
让我看到团结、弱小的个体生命
也有它们的盛大和恢宏

2023年8月

一只受伤的鸟

一只受伤的鸟在街边
身上落满了灰尘,它惊恐地打量着
街道上的行人和车辆
一拐一瘸的,显然是一只脚受伤了
它偶尔也会叫上一声
但听起来就好像在放大自己的痛苦
——可怜它如此专注
自己伤痛,把肉体的
疼痛当成精神的伤害,可怜它乱了方寸
不知道自己还有一对可飞翔的翅膀

2023年8月

在红莲湖

想起田田荷叶,像一匹绿色绸缎晾在水面
想起高高荷箭,像一个人从淤泥里
挣扎出来,终获出头之日
想起荷花结出盛夏的果实,它心中的苦也
开始形成,想起埋身淤泥的莲藕
为黑暗中艰难的呼吸,在自己的胸腔开出九孔

2023年8月

撞向窗玻璃的野蜂

房间里不知什么时候多了一只野蜂
正一次次撞向窗玻璃
大概是受窗台上那束野花所诱惑
我看见它每一次都是
经过短暂昏厥后又继续撞向窗玻璃
就像一个不肯认命的少年
一次次撞向生活中那看不见的命运的沉钟

2023年9月

我见过最结实的绳索是生活

我见过各种各样的绳索
有草绳、棕绳、布绳、藤绳、塑料绳
钢丝绳。捆绑柴火,束住
冬天空心的棉袄,系紧松弛的粗裤腰
在万人景仰的高处铤而走险
我一一见过它们。有时打一个活结
以备必要时解一时之束缚
有时打一个死结,表示与捆缚之物
永不罢休。我见过最结实的
绳索是生活,展开时是一根牛筋长鞭
拆散后是一团理不清的乱麻
我们顺从它时,它仿若无物
当我们在其中挣扎,它就越勒越紧
我就是曾被它五花大绑的人
在我成年之后,为衣食、为卑微的爱情
为镜花水月的诗歌和理想
我就像一个被捆住手脚的隶役
被一双看不见的手扔进滚滚红尘
你曾亲眼见到过的:在武汉
在一个叫广埠屯的地方,他
日复一日侧身在熙攘人群中,几年不见
曾经乌黑的头上已是华发丛生

2023年10月

河流外史

一根粗大的铁索
一端扎在悬崖，一端伸向峡谷对面
摇摆不定的铁索
提心吊胆的生活
运送土豆和玉米的人还没回来
太阳落山后他将
带回农药和化肥
而那位被落石击中坠入河流的母亲
何时能重回村庄
那位顺着峡谷去往他乡再也
没有返回的父亲
不知有没有找到他幼年失踪的儿子
临崖举步不前的麂子、山羊
铁索是否让它们
想起一根绳索暗藏着命运的阴影
河水平静流淌或者愤怒奔涌
是不是铁索有多粗壮
命运就有多沉重
如果人间并不存在千钧一发的伟力
是不是意味着这条河流也是他们
永远填不平的命运的沟壑

2023年10月

大风吹

大风吹。——大风吹过山村
几乎所有的事物都朝着一个方向倒去
沙石疯狂扑向一边的灌木丛
草屑、树叶在风中乱舞
只有一只垃圾袋,以为得了势
鼓满风,试图逆着风前进
只有一件单衣,失了胸襟
抖着双袖,像一个平面人在风中挣扎
风吹山腰灰瓦白墙的小楼
也吹山脚低矮土屋的屋顶
直至黄昏才渐渐停下来
大风过后的山村服服帖帖
一些弱小的农作物和草木
倒地不起,那些高大刚烈、无所依靠
又不肯低头的树木都被风吹折

2023年10月

在湖边

晚风从湖面轻轻吹过来
明月正把湖水从黑暗深处捞出

沙滩上不愿睡去的男女
在沙雕城堡的迷宫中走来走去

我在城堡外,拎着酒瓶
坐在一棵倒在沙滩的老垂柳上
我是众人中的少数和个别

即时的欢娱、永远的孤寂
我是孤独的垂柳,也是缄默的湖水

我拎着的酒瓶涌动着
大海潮湿的气息如潮汐,里面
晃荡着一轮生锈的月亮

2023年10月

栅栏与火车

栅栏与火车
相当于围栏和一匹脱缰的野马
相当于一首诗
和它必要的形式的制衡
相当于一列火车有自己的轨道
一首诗也有
不易停下的奔跑的欲望
相当于思想和词语保持的张力
相当于静止事物对
冲动事物的警惕和恐惧
相当于栅栏是虚张的理性
火车是真实的冲动
相当于一列火车穿过,栅栏因其制约性
虚拟了一座城市的文明和自律

2023年11月

悲秋词

在秋天读一首春天的小词
读亡国之君栖身的小楼,以及月光下
浮起的雕梁画栋,读秋天的
萧疏、凋敝。读一个人慵懒说起往昔
单薄长衫掩住自己消瘦的身体
读一个小国家,因一首词在历史里
清晰起来,一个时代的离乱
也难掩其物哀之美。"雕栏玉砌应犹在
只是朱颜改",都言物是人非
朱颜就一定是指思念的人吗?
难道不是象征权力的朱红色宫门
难道一个亡国之君就不配有
故国之思?因为诗词,他把一个国家
弄丢了,又因为诗词,他把
国家背在身上,如果他只是
一个才子,多好,茶楼酒肆、烟花柳巷
秋风中八百里快马加鞭传来
都城已失的消息,那奢靡、腐败的
小朝廷灭了与他何干,想
春花秋月,江河不废,这一生
无非是背了一身风流债,——何来"梦里
不知身是客","山远天高烟水寒"

2023年11月

冬天里的蜜蜂

冬天,蜜蜂蜷缩在屋后蜂箱里
棉絮覆盖的蜂箱,此刻大雪又将它覆盖
以前它们和养蜂人在幕阜山中
追逐花朵,从油菜花、李花、槐花
到野蔷薇,再到桂花和野菊花
它们几乎采遍了幕阜山的花蜜
但眼下,这甜蜜的事业,唯有
风餐露宿的养蜂人和辛勤的蜜蜂可以阐释
劳作之苦和生活之甜,你选择
一个也就意味着同时选择了另一个
你看严寒来到,这人间的瑞雪
并不能成为真正的花朵,无蜜可采的
蜜蜂相拥在蜂箱里抱团取暖
那个窘迫的养蜂人正在风雪中扒开积雪
把剩下不多的蜂蜜又喂给蜜蜂

2023年11月

动物园的斑马和老虎

在动物园,斑马的黑与白来自
我们简约的审美
它们奔跑或聚集
我爱一匹孤独的斑马胜过
一群奔跑的斑马
我爱它们天生的条理胜过
知识的条分缕析
斑马围栏旁的围栏里有一只老虎
我爱这种没有危险的比邻
我爱斑斓的虎皮
没有成为一个人的大氅或
装饰在权力的椅子上
也爱斑马偶尔望向隔壁围栏时
它们身上的斑纹
没有起一点儿褶皱
据说老虎只在大雨夜有过长啸
而斑马从来没有过
焦虑、烦躁和不宁
我爱斑马这样知黑守白
但鄙视老虎这么快就放弃自己的天性
并开始习惯围栏对它的围困

2023年11月

一九八〇年代初夏的一个早晨

阳光从长达半月的梅雨中钻出来
它照着江边的邮政大楼,也
照着江边樟树下长满瓦松的屋顶

一艘驳船在江心冒着白烟
金色河面就像一幅印象派油画
有人穿着背心沿河边跑步
有人已在河边伸出长长的钓竿

搬运站队长吕正钢正提着
一副新鲜猪肝从桥对面走来,他
即将在河这边碰上端豆腐的
卫生院年轻女护士蒙可

那是遥远的一九八〇年代初夏
风正翻山越岭从南方吹来

那时蒙可还没有喜欢上吕正钢
南江河到处一片碧绿,河边的玉米
也没有撑破它身上紧绷的青衫

2023年12月

白头翁

我的头发全白了,这里面没有什么悲情故事
像水边芦苇,只是自然地白头
但表姐见到我,还是一个人转过身悄悄抹泪
八年不见,表姐已有一个乖巧的小孙女
很喜欢鸟,表姐说你告诉三爷爷
你都认识什么鸟?不一会儿她就从里屋搬出
厚厚一摞跟鸟有关的画册,给我
讲每一种鸟的习性和叫声。我从小就喜欢鸟
还真不知道这么多鸟和它们的
叫声。她讲完后我跟着翻看那些画册,但
看着看着我眼睛不禁湿润起来,那么小的女孩
她居然略过了每一本画册上的白头翁

2023年12月

斯卡保罗集市

我对爱情的想象是从一首歌开始的
海水海滩之间的墓地
不用针线缝制的亚麻衬衣
这隐藏的深深的绝望
很多年以后,我发现我爱着的其实是
爱的理念:生于苦难
穷困或动荡,但死于平庸
那时我没有见过大海也没有遇见爱情
我的《斯卡保罗集市》和
那个令我惦念的少女
不知在何处,因此我的口信
显得缥缈虚无。——爱从来在远方
在开满了鼠曲草和迷迭香的
他乡和异域。你很难
想象一个少年既想要清澈纯洁的邂逅
也从不排斥乱世舔血的深情
当他的爱在逼仄的生存中汇成
一摊死水,那在风中飘扬的亚麻衣裙
散开连缀它的针线,只有他
甘愿做那个劫持心的海盗,甘愿
他葬身的大海永远没有彼岸

2023年12月

东坡赤壁公园的石榴树

东坡赤壁公园通往山顶的路上
有一排高大的石榴树,因为生长在高处
和低处石榴树相比,显得疏朗
有着删繁就简的、秋的意味
中途石阶旁有一座被保护起来的土台
据说是东坡曾经醉卧的地方
一根石榴树枝斜横过来悬在它上面
似有故人轻履到访,又似有
人正从遣不散的春困中起身离去
那时土台上空一定是一片
浓密的绿荫,故事只怕是后人虚构的
有人质疑东坡先生是否真的
在这里醉卧而眠过。但这有
什么重要的呢?重要的是石榴低垂
给了它真实。我喜欢后来者
这样用心地寄寓:——因为
有了历史的附丽,即使生命
微渺如草芥,如沧海之粟,我们也可以
通过一座土台和一个人秘密地遭遇

2023年12月

赶 猪

一位中年男人带着一个少年
赶着两头新买的小猪走在开春的路上
刚刚下过雨,路上满是泥泞
为避免弄脏新年的鞋裤,他们走得
拘谨而别扭,倒是两头小猪
一会儿跑到路边有青草的地方拱拱
一会儿在路上水凼里撒欢
全然不顾带起的泥溅上男人和少年的
鞋帮和裤褪。但男人和少年
并不恼怒,只是轻轻挥动枝条
这是新年的一日,小猪不知
生活之艰难,快乐自在地走在山路上
男人和少年知道生活之不易
也幸福地赶着小猪走在山路上
看上去不是男人和少年赶着小猪往前走
而是小猪在引领他们走向新生活

2023年12月

李家湾中秋的傍晚

一群鸟在枫杨上空吵闹
我在老家门前对着它们欢快地吹口哨
它们很快就看出我是在模仿它们
瞬间落到树梢叫个不停
这是李家湾中秋的傍晚
满畈的晚稻已颗粒归仓,一只八哥
像女人尖着嗓子在田畈
一边飞一边喊他男人收工回家吃晚饭
我的堂嫂也在鸟雀的
喧哗中摆好碗筷,只等堂兄劈完
手里的最后一根木柴
鸟雀一会儿在它们停着的苦楝树上
叽叽喳喳,一会儿在
天空追逐纠缠,而一直在天边
静静织着锦缎的晚霞正在为它们提供
生动的背景,并把夜色一再推迟

2023年12月

挖藕赋

不以荷枝的直否定弯曲
不以藕孔里面的空肯定谦虚的必要
不以亭亭玉立褒贬性别
不以藕断丝连比拟筋骨相连的血亲
不以田田荷叶诋毁烈日的细针
不以劲直插入天空的荷箭妄论风骨
不以盛开的荷花奢谈风骚
不以枯荷称颂一切残缺和凋败之美
我在中秋齐腰深的湖水里挖藕
想起一截儿种藕在黑暗的湖底
把它之前的生活又过了一遍
我决不以所谓的高洁羞辱淤泥
也不以决绝姿态谈论任何事物之间的关系

2024年1月

回 音

河边落满地的桑葚正散发着酒的味道
鸟雀叽叽喳喳贪食着桑葚
河水平静流淌
与鸟雀的喧闹不同
河水要在很远的地方才发出回音

2024年2月

送你一朵蒲公英

一朵蒲公英使劲长,没有等来你嘟起嘴巴
把它吹向空中,就自己乘着风去找你
它把自己化成无数个小小的
飞行器,越过千山万水,在这个春天
在你风餐露宿的每个地方长成它原来的样子

2024年2月

论美的绝对性

即将消失的事物的美比正生长的事物的美
更为持久,就像一位垂暮老人
当他头上的白发
和脸上的皱纹把美镌刻在持久的生命意识中
丑对他不再是一个有效的词语

2024年2月

山中遇雨

天空突然下起雨
一群黑山羊望着骤然涨起的河水
正举步不前,他
也被阻隔在此岸
对岸山腰上是半山寺
他突然想起过去
众书生一生都在通往长安的途中
不知他们是否也
遇到过这样急骤的秋雨
他们寄身的寺庙
会不会有人体恤
他们落第后寒风单衣地奔波
从黄绿的山顶到
山下空蒙的村落
他听见雨水正敲击着大地
并带来阵阵凉意
但他不能承受的
不是高处的寒
而是孤寂,是在风雨中
一只黑山羊跳跃在山岩上,看不清
湍急水流淹没彼岸的孤寂

2024年2月

大幕山访樱花不遇

到处都是被冻雪压折的树木
樱花树上花苞初结如众多正在发育的少女
一条溪水伴着山路喉结涌动

2024年3月

老瓦山雨后

阳光从树杈间照过来,像一根根细针
空气中看不到一个悬浮颗粒
唯母亲坟前的一缕青烟仍在不断
向我们离开的方向挥手,唯
昨夜雨水洗碧的群山推开一扇更富远见的窗

           2024年3月

春天小镇的夜晚

夜风凉爽,我从没觉得
春天小镇的夜晚是如此安静、闲适
风从幕阜山顶一直吹到
街边一座小酒馆的门口
昏黄的灯光,手挽手的甜蜜情侣
消失在小镇尽头的青石板路
酒馆门前独酌的中年男人的背影
它们就像一首小诗
被题写在一幅写意山水画中
那里面黑暗和光明二分着世界,有
人间烟火,但没有市声鼎沸
显示出素朴的中和之美

2024年3月

在咸宁仙鹤湖

仙鹤湖不大，湖中野鸭多过天上飞鸟
仙鹤不在湖面也不在湖岸边
而是被圈养在草地上
骄傲的丹顶鹤和柔顺的蓑羽鹤在一起
彼此都显得相形见绌
遗憾的是它们背后没有虬劲的松树
不能完美呈现松鹤延年的画意
多年以后我们可能消失但鹤一定还在
有人以湖水为背景与鹤合影
他的感慨使鹤像一个深度意象从湖水
升向阴沉的天空，让人突然
想到诗人陈先发说养鹤问题
其实是养气问题，——想起
在这个不断被虚拟的时代，我们是否还有
能力保持与自然、与一只鹤的共情

2024年3月

鲶　鱼

天暗下来之前，鱼鳞样的云铺在天上
河流如一根细线，屋后
檵木又一次开起了白花
父亲洗净手，把一条鲶鱼按到砧板上
晚稻刚刚收割完，人们
开始有空闲伺候自己的生活
父亲又干起老本行，在
河流和野塘里捕捉鱼虾，那天他捉到
一条恨不得长白胡须的鲶鱼
又老又肥硕的鲶鱼，将
是多么丰盛的晚餐。但
那天傍晚，我看见父亲一次次
把它按紧在砧板上，又
一次次放回木桶，然后搁下刀对母亲说
鲶鱼也活得不易，晚上就吃南瓜
明天你娘儿俩把它放生到河里

2024年3月

山中鸟雀

乌鸦背负天下所有的黑，喜鹊
没心没肺地欢叫
山里油菜碧绿、小麦青葱
男人在凛冽寒风中给油菜、小麦
施草木灰。傍晚
男人锄把上挂着一只野兔回来
女人正在场屋前给鸟雀
撒玉米粒。男人
放下锄头
挥手对前来啄食的麻雀、斑鸠
作驱赶状。女人冲男人
笑了笑说
不久就会大雪封山，愿
这些鸟能安然度过它们的寒冬
但男人没有做声
男人意思是：没有鸟雀
山里的冬天会更加清静
而女人的心事是：没有这些鸟雀
山里的冬天将会多么寂寞

2024年3月

风　筝

朝阳像一支金簪斜插在江滩公园
无边春色里你选择在海棠花下
读狄金森，也读
草地上谦顺的铃兰和妖冶的风信子
更多的樱花树刚刚冒出花骨朵
你看到一位母亲带着
一个少年在草地上放风筝，两双手
紧握一根细细的线
边放边收，但都不敢完全松开
你想起多年前的一幕
也是在这里，母亲带你放风筝
风筝在突如其来的雨中挣脱了手中线
像一片巨大的树叶挂在树梢
你沮丧地站在雨里，不肯随母亲
去旁边的亭子里躲雨
母亲指着树上说，一只断线的风筝
只要它没有失去翅膀
总有乘风扶摇而上的时候
"希望就是物长着羽毛寄居在灵魂里"①
那时你还不知道狄金森，只是似懂非懂地
一个人站在那里看亭前落英缤纷

2024年3月

---

① "希望就是物长着羽毛寄居在灵魂里"，狄金森诗句。

雨　夜

屏幕上播放着曾巩自请外放后向王安石
辞行的画面，窗外几瓣辛夷花
正在早春细雨中飘落
如果人生和雨中的油纸伞一样
撑开伞骨就意味着承受风雨
我多想把这句话送给这风雨飘摇的人世
——愿每位有良知的书生都不被
他所处的时代所辜负
但人世又何尝不是油纸伞上溅起的水滴
无常滑落，又无情离去
两千多年以来，我们总是
以一套同样的话语讲述同样的故事
却对个人闪烁其词
——扪心自问，我们可曾
有过曾巩和王安石先生的这样一个夜晚
不是一滴水汇入江河
而是一朵花在雨中把自己
和另一朵区别开来，那里面有一种高贵的
时代气息，——就像谜面藏着谜底

2024年3月

黄龙山上的细流

一条河流有自己的命运
但它一定是隐忍的
修水、隽水和汨罗江都发源于这里
但在最高处只看到
一条细流在山坡上命悬一线
一条河流的出身竟是
如此卑微,它寂寞地成长要
穿越多少荆棘和缝隙才有他日之势
每一条河流的幼年
都有失怙的苦和痛
三条流水从此就是失散的三兄弟
为各自前程奔波再无交汇
如果它们能够回头
在出生和永逝的时间两极
沧海茫茫何如一个人在山中孤独突进
有朝一日它们会不会懊悔走得太远
再也回不到原来的自己

2024年3月

雀 舌

鸟雀的舌,血液的弱碱性
如果茶叶能开口
我们会不会听见一座茶园
在朝阳中万鸟嘤鸣

掐尖的艺术,对
人性深刻地模仿,少女羊脂玉的手
初生的嫩芽,青春紧挨着的

如果我说这其实
是个人癖好对神圣之物的亵渎

早晨露水未干的茶园里
青翠欲滴的芽尖如黄鹂的绿舌头
透出一个人阴暗的想象

2024年4月

番　茄

我在家里楼顶上栽种了九棵番茄
同事在一楼也零星种有
上下大约五十米距离,我的番茄
苗条细长,他的矮胖粗壮
抽苗的时候,同事的番茄在
一个风雨夜全被吹倒,我的却在
风雨中相互搀扶着没有倒下
我告诉他,植物是会相互照顾的
你把它们重新栽到一处试试
当它们可以感知到彼此生命的气息
风雨只会使它们变得更坚强
我的同事雨后把倒伏的番茄
移栽到一处,不到一周
它们果然没有再在风雨中倒伏过
倒是我的番茄,因土薄根浅
又置身高处,感觉它们总是提心吊胆的
在风雨中散叶、开花和结果

2024年5月

钟　摆

钟摆是一个象征，母亲
因为它赋予抽象时间一个具体的形状

它从左至右，周而复始
在一个逼仄空间摆动，这多么像你
劳碌却无法计量的一生

"时间从来不是线性的
它在作折返跑。"但如果不借助钟摆
它是否也是弯曲的，就像

事物沉积在自己的深渊里，一万年来
它们仍完好如初？而你日复一日
在田间、地头和厨房，我

甚至没见过你直起腰身，母亲
如果劳作不止的地方时间也是弯曲的
钟摆的机巧是不是一种惩戒

都说没有比死亡更深度的睡眠，为何
它能够带走我们的一部分时间

母亲。我昨晚梦见一张纸两面

分别写着生和死,墓床和摇篮在钟摆的
摆动中自由切换,如同一器物

              2024年5月

槐树下

槐树的皮肤皱皱巴巴,一身疙瘩
想起每年谷雨过后,槐花一串串垂下来
像村庄女孩银铃般的笑声
朴素、明亮。不像现在将我拦在河堤上
空空的枝干把槐花幻化成一张
打磨铁锈的旧砂纸,轻轻
擦亮我们生锈的饭盒。那时桥头不远处
是你和你母亲摆的小食摊
那时我们都希望找一个像你这样的女孩
美丽善良、笑容灿烂,用
最普通食材做出最合穷学生口味的菜肴
我们私下把这叫作因地制宜的爱情
多么新鲜的爱情啊,每年
四月开一次花,每年秋冬站在通往家乡的
河堤上,像一个清晰而芳香的旧梦

2024年5月

枫树港

天生随遇而安的事物
但它并不是静止的。在老瓦山西侧
随处可见它的身影
有时流淌在林中,有时穿行在山谷
看似有着深广的自由
更多是身不由己的屈曲和逼仄
当它历尽艰辛走出来
像一块透明的白纱绸飘荡在田家畈
它的澄澈也只是一种表象
还有一部分在樟树岭钻入地下
变成石矶洞里的暗河
在雨水丰沛的夏季,我们
甚至可以看见它在地下的回响给
地上水面带来的波纹
那样细、那样密,像有无数细小的
光线在幽暗和明亮中交织

2024年5月

铁 钉

他们正在拆一堵墙
他们把青砖码到一边,土砖码到另一边
砖块压住了刚长出的青草
从旁边堆积的木头、门窗和旧瓦来看
他们应该是拆掉了一座房
春天刚刚到来,青草生长的速度
也没赶上他们拆除旧事物的速度
旁边清理出的旧地基中央
摆有一个搪瓷盆,里面装满了废旧的铁钉
很难说它们不是从你身上拔出的刺

2024年6月

顶　针

顶针不是一种修辞，也不是戒指
它只是母亲缝补时用来给针尾加压发力的
一种工具，是时光消失的暗影

我见过顶针帮母亲将针线穿过
厚厚的鞋底，见过顶针帮母亲用针线给
衣服打上各色补丁，也见过针

滑过顶针扎进母亲食指，针孔
被一滴血定位，像红玛瑙，和顶针的银白
构成一幅奇异的图像，比疼痛轻

比沮丧重。她没有用嘴吮吸针孔
只是把针往头上别了别，给予针更润滑的
尖锐，好像伤害她的从来不是锋利

而是钝锈。因此，她右手中指有
一段被顶针箍得变小的指身，靠近顶针的
前面有一节粗的、树瘤一样的指节

母亲后来再没有取下过顶针。她
用一根细针缝补着各种破损，顶针对针的
发力，也是母亲对贫穷生活的按压

2024年6月

美人鱼

我希望这只是一个虚构的故事
希望她只是一条在大海快乐游动的鱼
我希望她永远不会复活记忆里
任意一个七秒中的一秒
遗忘的快乐、铭记的痛苦,我
希望她也忘掉我,永远不会记起自己
是喝着又咸又苦的海水长大的

2024年6月

月照深潭

时光何其深邃。一条流水
以其奔涌的身躯在这里砸出一座深潭
那永不停止的喧哗
那壮烈的自我生命的灌注
那散溢后又重新归聚的水
那历经深潜后的重新出发
那逐渐远离喧嚣的独孤之旅，多像你
在中年收拢自己后涅槃重生

2024年6月

诗歌是由各种"偏见"构成的（代后记）

1. 诗歌是由各种"偏见"构成的。没有个人可以穷尽的世界，只有各种"偏见"织成的百衲衣，——如果诗歌也是一种缝补世相的针线活的话。

2. 一首诗之所以成为一首诗，主要体现在对生活的洞悉、语言的创造性，以及在此基础上呈现出来的思想情感和价值观念。文学很难超越思想情感和价值观念而存在。无论我们怎样标榜自己的写作态度，追根究底，态度也是思想情感或价值观念的一种。

3. 我很喜欢波德莱尔诗歌中对人与自然、精神与物质、形式与内容以及各种艺术之间的关系的覆盖，他说："天是一个很伟大的人，一切，形式、运动、数、颜色、芳香，在精神上如同在自然上，都是有意味的、相互的、交流的、应和的。"我很喜欢他的神秘象征，使我们能在感性层面感受到理性对世界现象与本体的诠释。虽然现代诗歌的发展并不是永远的象征主义，但诗歌却总是要涵盖这样一些基本东西，并不断与之发生联系。

4. 胡适说李商隐的"历览前贤国与家，成由勤俭破由奢"不是诗，说："凡是抽象的材料，格外应该用具体的写法。"庞德在谈到写诗的目标时说："用抽象术语作一般性的表达是一种懒惰，这种表达是空谈，不是艺术，更不是创作。"就诗歌写作来说，胡适和庞德的话都可以说是至理名言，诗意是语言中溢出来的那一部分，而不是作者强行介入其中的抽象说理。

5. 对任何一个有自己的语言和文字的民族来说，它的文明形式都是有传统的，这是语言和思维方式决定的。它在发展流变过程中可能有断裂、有落差，但很难彻底割裂与传统的联系。从《诗经》到楚辞，这其间有三百年左右没有留下一首诗歌，我们可以看作一次断裂，——当然我相信这其间一定是有诗歌的，只是没有留存下来。但两者的传承关系是明显的，楚辞的艺术手法就直承《诗经》中的比兴手法。从古乐府的自由到律诗的严苛，我们可以看作诗歌的落差，形制变了，但诗歌的抒情叙事传统仍然在延续。从旧体诗词到新诗，也是如此。当然这个过程中还有其他文学艺术的汇入。在古代诗歌发展过程中，这个汇入更多来自相邻民族的文学艺术形式或观念，近代以来，则更多来自日本文学及欧美文学。但无论什么样的理念或形式的加入，它必然要融入汉语言的传统中，本民族的社会历史、政治经济、文化风俗等一定要映照其中。外来的汇入只能部分改变它的结构，且这种改变一定是一个不断扬弃、不断优化的过程，并不能改变它的本质。这个本质的东西是和一个民族的语言共生的，没有什么东西能够将其剥离出来。

6. 我出生于湘鄂赣三省交界处的一个小山村，十二岁之前甚至没有去过县城。曾经有人问我，你常年工作生活在城市，为什么总是在不断书写自己的故乡。我想说的是，我的写作之所以会不断回到故乡，或者说故乡之所以值得我回归，是因为我对世界最初的认知，包括情感认知和价值认知，都是在童年时候的故乡建立起来的。童年的世界很少受世俗功利的影响，童年看待世界的眼光也是干净的，它能让我借以打量当下这个充满功名利禄的世界。故乡作为一个人文化的根，永远不会因我们的离开而消亡或失去意义。——其实很多诗人、作家一生都在孜孜不倦地书写故乡。我一直记得德国作家托马斯·曼的一句话，他在第二次世界大战爆发后流亡美国，有人质疑他在流亡期间对德国的书写，他骄傲地说："我在什么地方，祖国就在什么地方。"这也许是一个蹩脚的引证，但他这句话和我们不断书写故乡的道理是相通的。

7. 本雅明说："卡夫卡将社会结构视为命运。"这种社会结构无论是指政治、经济、文化等领域的结构，还是指狭义的社会阶层结构，本雅明的意思应该是指卡夫卡作品中呈现的社会与个体的对立。如果我们接受诗是以直觉洞悉世界这一观点，我觉得卡夫卡本质上也是一位伟大的诗人。你看他在《审判》中借K的口问前来提审他的人，你们在哪个剧团表演，《变形记》中借格里高尔变成一只甲壳虫后无助地打量这个世界的眼神，以及《城堡》中那个至死在城堡之外徘徊的土地测量员内心的绝望。——这种种对现实的洞察就是典型的诗性直觉。

8. 孤独是一个人的常态，起码在我看来是这样的。诗歌写作就是个人抵抗孤独的一种方式。很多时候，这种孤独不是人离群状态下的孤独，而是人在人群中不群的孤独。

9. 诗人是被自己的观察充满着的个人，他的诗歌要展现自己作为个体存在的独立性，但与此同时，又没有哪个诗人能完全独立于社会之外生活与写作。每个人都是生活在特定时代、特定地区和特定社会环境中的个人，他既是个人又是社会中的一员，社会必然要进入他的创作。他可以反对自己所处的社会环境，可以尽力去抵制社会环境的影响,但社会环境对一位诗人的影响永远不会消失。艾略特曾经说过,诗人在创作时,似乎决然遗世独立,不考虑任何社会影响;但是,如果没有社会和其他形形色色的个人,无论现在还是将来,他都不可能抱有支撑着他创作的信念——在这个意义上,我们可以说,诗歌就是诗人个体生命在社会生活中的反映。

10. 一个写作者存在感的获得是依赖他的作品来指认的,而这又与他处理自我与世界的关系有关。一个自我完全消失的文本是失败的。雨果的《悲惨世界》如果只写冉阿让由一个苦役犯成为一个富豪、一个市长,它充其量只是一部精彩的传奇小说,但当小说后面写到悲悯和自我救赎,它的经典性就确立了。作者在处理与这个世界的各种关系中完成了一种个人品格的塑造。——诗歌在某种程度上也是如此。

11. 在毕加索画展上,一位贵妇人看完画展后跟毕加索说看不懂。其时展厅外的树上有鸟儿正在鸣叫,于是毕加索指着树上的鸟儿问那位贵妇人,鸟的叫声好听吗?贵妇人回答道,好听。毕加索又问,听懂鸟儿在说什么吗?贵妇人说听不懂。毕加索说这不就完了,只要知道好听,又何必一定要知道它在说什么呢?我很喜欢这个带有中国禅宗意味的故事,并用它来回答一些人对一些晦涩难懂的现代诗歌的质疑。但每次回答完后,我都感觉我的心是虚的。这种虚不是因为我也像毕加索一样偷换了概念,而是当一些读者纠缠于诗歌的懂与不懂时,我发现自己同样没能力理解某些现代诗歌。

12. 怎样衡量一个诗人自身的变化?我则相信"风格即死亡"这样一个命题,因为一个写作者的独特性是相对于他人的,而不是指自己写作的线性化。写作就好比走钢绳,它不是静止的、机械的、不偏不倚的,而应该是在运动中不断寻求平衡,一种来自生命中的深度平衡。当一个诗人静止下来，别人就会代替你的思考，——我们在写作的同时，既要广泛涉猎，又要有恰当距离，给自己留下思想空间，从而保存自己的存在。只有在平衡中融成自己的东西，诗人才能留给读者久远的声音，就像瓦雷里所说："在诗中，根本不在于将另一个人的心灵中闪现的知解性的东西转达给某个人，而在于在前者的心灵中创造出这样一种状态：其表达方式不管是精确的还是独特的，它都将之与某人相沟通。不管在诗歌爱好者心灵中形成怎样的形象与情绪，只要它们在他心灵中创造着原因、语言和效果、语言间的相互关系，它们就是有价值的。"

13. 索绪尔说："没有语言，思想就如同一片混沌不清的星云。不存在前语言状态的思想，在语言出现之前，一切都是不清楚的。"确实，语言和思维是共生的，没有脱离思想之外的语言，也没有语言之外的思想。它们是一张纸的正反面，撕开正面意味着同时撕开反面，如果一个人的思维是混乱的，他的语言也一定是不清晰的。

14. 里尔克说："诗并不像大众所想象，徒是情感（这是我们很早就有了的）而是经验。"有人认为里尔克的"情感"之说和"经验"之说是对立的，这种理解是狭隘的。里尔克在提出"经验说"后写了大量的咏物诗，我们仍然可以看到诗人情感在其中的渗透。比如，他这一时期著名的《豹——在巴黎植物园》，表面是写豹，实际上是写人像豹一样自陷牢笼而浑然不觉，像豹一样在铁栏的桎梏下无所适从地盲目"昏眩"。诗歌对那个时代的人类精神状态的揭示，无疑是灌注着情感力量的。如果一定要把这句话从他的《布里格随笔》中拎出来，我们可不可以这样说，诗歌是一种经验，以及在此基础上展开的联想和想象。

15. 一个民工用一朵野花在擦他肮脏的头盔；手持红玫瑰的人找寻爱情；庆典仪式上用鲜花堆起虚空的热闹。在这些情境中，花被置于我们的经验和知识中的什么位置呢？无辜的、不幸的、难以逃脱命运劫难的花草，一个民工不懂得花与美，但懂得生活和劳动；满街寻找爱情的人要借助一朵玫瑰，但真正的爱情却从不和流俗一起虚情假意。因此，一朵真正的花所呈现出来的美，应该是与我们内心的相遇，真正的写作和鉴赏也是如此，当一朵花出现在我们眼前，它首先必须在我们心中绽放。

16. 给一个人的诗歌挑毛病并不特别难，因为避开了自己。我们很容易占据一个制高点——艺术的或道德的，然后依据自己的喜好进行评判。但当我们将自己也置身于其中，和每个人成为相互映照的明镜，就会发现以他人为镜的自我审视，才真正有益于我们对诗歌的理解和认识。事实上，我们很容易在任何一种诗歌写作中发现它的相反性，越是有个性的诗歌，它的缺陷可能越明显。学会包容，并以自己不同于他人的写作共同丰富诗歌的存在，这才是一个优秀诗歌写作者应有的格局和姿态。

17. 英国诗人奥登谈到阅读诗歌时，说有两个问题最使他感兴趣：一是诗歌中的词语是怎么发生作用的，二是一个什么样的家伙藏在诗里面。英国诗歌评论家伊丽莎白·朱在谈到这两个问题时，又对此进行了扩充，说"也许我们还得再加上第三个，即生理方面的兴趣"，看它给我们带来的愉悦感。诗歌中文字不是文学形象本身，只是符号，我们需要破译这些文字符号，才能在心中浮现形象，让读者最快地实现对作品的理解。从另一个角度讲，我觉得这种愉悦感也可以成为我们判断一首诗歌是否成为诗歌的标准。这种愉悦感包括三个层面：首先是生理上的愉悦，诗歌呈现的形象和画面使我们的感觉器官感到舒适和愉快；其次是心理上的愉悦，阅读过程中使我们的想象力得到鼓舞，各种情绪被调动；第三是精神上的愉悦，阅读结束后有令人思考和回味的空间，使我们获得精神上的某种满足。

18. 我一直认为纯粹的抒情带有盲目性，真正的抒情都是由叙事带动的，叙事才是抒情最坚实的基础，具体到一首诗歌中，不过是叙事成分的轻与重、显和隐的问题。抒情虽然被看作是诗歌最基本的表现方式，但仅仅是表现方式的一种。现存的世界各民族最古老的文学基本上都是叙事诗（当然，它们同时也是抒情的），包括中国文学的两大源头《诗经》和楚辞。比如，我从不觉得《离骚》是一首纯粹的抒情诗，诗歌推动情感发展的是屈原政治上失意被贬、被流放的经历，里面仍然有比较清晰的叙事。

19. 现代性包含两个基本层面，一个是社会的现代化，一个是文化艺术等的审美现代性。最常见的表现是对前一种现代性的反思、质疑和否定。所以在时间上，现代性总是在向前不断拉伸。在一些关于现代性（包括后现代性）的论著中，我一直觉得它们谈论的现代性使人和自然的关系越来越疏远，割断了人和其精神家园——自然的亲缘关系。尼采说上帝死了。无论我们怎样在现代性和后现代性上纠结，细究起来，其实可以看作是对人们所追求的现代性的一种质疑。"上帝死了"即是说现代人灵魂失落，没有精神上的归属感。就像人们所说的，我们生活在器物、符号和一些虚拟的空间里，我们拥有丰富的知识，却不知道这一切的意义何在，不知道我们从何而来，最终又将回归何处。所以，我觉得一味谈论和追求所谓的现代性，是一件值得警惕的事情。我甚至觉得，如果现代性就是被所谓物质文明和科学技术所包裹的且不断膨胀的人类欲望，不能有助于我们重建人与自然的关系，让人重新回到一种自然的、澄明的、简单的生活状态，它就是可疑的。

20.怎么呈现一首诗歌的意蕴是有技艺的,就像音乐作品的呈现必须有精湛的演奏技艺一样。个性化的语言是最基本的要求,也是本质性的要求。单就语言来说,这种技艺首先体现在语言的准确得体上,第二体现在语言的表现力上。语言的准确体现为词达,即语言要能准确表达意思。语言的表现力体现为,在保持自然(公共)语言的逻辑句法本性基础上,通过词语的组合拓展自然(公共)语言的意义空间。

21.诗歌背后一定是一个具体的人,它不是对生活的简单复制和粘贴,而是我们强烈感受生活的结果。

透过破碎的窗玻璃

出 品 人 | 郭文礼	选题策划 | 左树涛	责任编辑 | 左树涛
复　　审 | 马　峻	终　　审 | 古卫红	印装监制 | 郭　勇

项目运营 \| 有度文化·刘文飞工作室　　投稿邮箱 \| liuwenfei0223@163.com

微　　博 \| http://weibo.com/liuwenfei　　微信公众号 \| YOUDU_CULTURE